消失的你
Dancing in the Dark
牧羊少年T
Shepherd Boy T

目次

序幕

突如其來的預感，令男孩渾身起了雞皮疙瘩——他忽然領悟到這一切，可能比他想像中懷有更巨大的惡意。

沒有時間了。在這個狹小的空間內，男孩覺得自己必須要留下點什麼，為他這短促坎坷的人生做個注腳。

男孩抬頭，看見了那個閉路電視錄影鏡頭。太好了，就是它！

於是他飛快地回溯一生的記憶，揣摩着他覺得最珍貴最重要的到底是什麼……

第一章　孤島

我面無表情地看着電視上那些口罩人，一邊吃着家裡僅餘的一碗泡麵，然後忍不住伸手按了遙控器，把電視關上——這種景況近來在街上已經看得太多。

因為疫情之故，本已慘淡的生意最近簡直到了返魂乏術的地步，我已經賦閒在家好一段日子。家裡亂七八糟的，髒衣服隨意扔在床上，未洗的碗碟堆放在水槽，冰箱內早已空空如也。我總是提不起勁來收拾房子，反正這小公寓只我一個人住着，多亂多髒也沒人在意。

正如我多年來也提不起勇氣收拾我的人生，反正也沒人理我。

但情況出現了變化，那段刊登在報紙明顯處的尋人啟示就擺在眼前。

尋人啟示

姓名：古賢亮 Ethan Koo

性別：男　　　　　　　　身高：178 厘米

失蹤年齡：十六歲　　　　現今年齡：卅三歲

於十七年前失蹤，當時體重約 55 公斤，中等身材，黑色短髮。最後於二〇〇三年九月廿六日下午出現在銅鑼灣高斯酒店，當時身穿灰色短袖T恤、紅藍白格仔長袖恤衫外套、黑色牛仔褲及黑色帆布高筒運動鞋。父親如今身患重病欲見一面，請速回家。若知其下落請聯絡 XXX-XXXXXXXX 汪小姐，重酬港幣五十萬元。

二〇二〇年一月十二日

——去，還是不去？這是個問題。

手機響了，我不想理。

它靜了下來。

然後又再響起來。

我在心裡數到十，它還是不掛掉，我只好接聽。

「喂？」

「機票已經幫你準備好。」

「嗄？」我還未有心理準備。

「別再拖延了。」

「但是……」

「你已經下了決定。」

……我已經下了決定。

「機票已經送抵你家了，快收拾行李。」

我還未答覆，對方便掛了線。

我在大門的門縫前發現一個信封。打開信封，我掏出來一張機票，由於桌子已擠滿了雜物，只能將它放在折疊椅上。

我凝望着它，看了許久。

——那是一張前往香港的機票。

為了逃避面對那張機票，我情願埋首收拾房子。

花了一日一夜的時間，我洗滌了衣服、被單和床單，清洗乾淨水槽內的髒碗碟，把堆積如山的垃圾分好類打包丟棄，再把家居雜物整理得井井有條。

我看着這個家也傻了眼，從未看見它如此整潔過。

我忍不住拿起手機拍了張照片，發送給芷茵。

「嘩，這兒是哪裡？狗窩大變身？」她馬上回覆了我。

「爹哋出馬，厲害吧。」

「給你一個讚！」

接着，芷茵拍了一張豎起大姆指的自拍照給我。

本來我想邀芷茵親身前來，感受一下我這光潔亮麗的「新居」，但甫一按鍵，便止住了……

「在你能付清拖欠的贍養費之前，女兒別想見了。」阿黛的話聲言猶在耳。

所以我現在沒有辦法見芷茵。

這亦是我會考慮返回香港的原因。

——一切都是為了芷茵。

於是我迫不得已的，動手開始收拾行李。

到我終於把行李收拾好了，已經到了該要出發的時候。

我看着床頭櫃上女兒的照片，在心裡悄悄道別過後，便拖着行李箱離開了我在臺南的住所。

已差點忘了我有多少年沒有離開過我這狹小凌亂的蝸居。我既沒有錢去旅行，也沒臉回香港，除了出外打工和用餐，其餘時間我都差不多窩在自己的狗窩裡。

我沒有社交，也沒有朋友。

就好像一個孤島一樣。

跟外界唯一有意義的聯繫，就只有我在念中學的女兒汪芷茵。

但因為我是個無能的單親父親，我女兒住在我前妻家裡，只有探訪時間我們才能見面。

所以大多數時間，我都是自己一個人。

在提倡社交距離的年頭，為了防疫，人們犧牲了很多群體活動，許多人感到不適應，患上抑鬱，甚至自殺。

但對於我來說，早就習慣了。

※　※　※

我從未見過人流如此稀疏的機場。不過我坐飛機的機會不多，對機場的印象只來自新聞片段和影視作品，也許不能作準。

但無論如何，人還是少得太可憐了。

感覺真奇妙——我這個近乎足不出戶的人，在人人熱衷去旅行的歲月，幾乎都沒有外遊過；但在這個人人禁足的時期，我卻拖着行李箱前來機場搭飛機。

世事就是這麼古怪。

當我辦好手續，拿着登機證上機時，仍然感覺很不真實——

我的目的地，還是我一直在逃避的香港。

飛行途中，我一直心不在焉的，甚至冒出些不祥至極的念頭：這飛機會不會空中解體呀、或者有什麼意外事故需要原機折返或降落在別處之類……

遺憾是什麼也沒有發生。

「各位乘客，本航班即將抵達香港國際機場，請各位返回座位繫好安全帶……」

望向窗外，已經看得見香港了。

外套口袋裡的紙條，寫有我抵港後前往會面的地點和接頭人的姓名。

「……感謝大家乘搭本航機，祝大家有個愉快旅程。」

不可能會愉快吧。

※　※　※

這裡真的是香港嗎？事隔十多年重回這個城市，感覺極度陌生。

從巴士車窗往外望，往日繁華熱鬧的國際大都會變成末日之城，有些路段甚至連一個人影也沒有。即使看到有人，也三三兩兩的稀落得可以，不比從前接踵摩肩的日子，而且人人戴着口罩，雙目無神，行屍走肉一樣。馬路上行走的車輛也很稀少，道旁商店冷冷清清，有的拉起橫額宣布快要結業，有的則已變成空置舖位。

剛才的候車時間頗漫長，可見公共交通工具的行車數目和班次都減少了，本應分散的乘客被迫擠進同一班車，我倒不明白這算什麼勞什子的防疫措施。都見怪不怪了，活在二〇二〇年，全球都在上演荒誕劇。

「那條是不是追蹤手帶？」

「啊，好像……」

背後突然傳來竊竊私語，然後是一陣哄動。

「哇！真的是啊！」

「天呀，很恐怖！」

彷彿發現了喪屍或痲瘋病人般，周圍的乘客立即四散躲避我，有些跑到樓上去，有些則叫司機快點停車讓他下車。

「喂，999？我要舉報有人違反檢疫令！」一位主婦跑到車尾位置，拿着手機，目露凶光地仇視着我；當我回望她時，她卻又驚恐得縮作一團。主婦鬼祟地掩着嘴巴，好像那樣我就聽不到她的說話。「快來拘捕他，這種人有病還在鬧市亂走亂逛的，害死人！」

「太太，我沒有病。」我澄清。

「還說沒有？」她指着我手上的電子手環，害怕得手也顫抖起來。

「我沒有確診感染 COVID-19 。我只是剛從外地回來，所以需要居家隔離十四日。」

「那你還跑到外面來，不乖乖留在家裡隔離？」

「我這就是從機場回家呀，不乘搭交通工具，我要怎樣回家呢？」

「你這是四處播毒，沒公德心！你要隔離應該乘搭的士。」

群眾還待要批鬥我，但又害怕跟我走得太近，剛好這時巴士到站，許多人就趁機逃出車廂，沒下車的也坐得離我遠遠的。

騷動似乎稍微平息下來。我馬上從背包拿出長袖襯衣穿上，拉下袖管，好遮掩那條象徵「你是個病毒攜帶者」的手帶。

※　※　※

我由中環乘坐渡輪，抵達長洲渡輪碼頭時，穿上誇張防疫裝備的美姐已手拿寫着「錢先生」的紙牌，在閘口等着我。她身旁還有一架裝得滿滿的購物手拉車，裡面想必載滿了她老闆所需的物品。

我上前問道：「你就是管家美姐？」

美姐馬上警覺地退後兩步，打手勢提示我：「保持社交距離。」

「好的。」我一臉無奈。

「不是管家，我只是個鐘點女傭。」美姐回答。「走吧，古先生在等着。」

我點點頭，就拉着行李箱跟隨美姐，步行到附近更小型的長洲公眾碼頭，那裡有另一艘小船等着我們。

「美姐，今天妳這樣誇張？」船家上下打量她。「平時都只是戴個口罩，今天怎麼又手套又面罩的？」

美姐使勁向我打個眼色，才向船家解釋說：「這隻病毒好像越來越厲害嘛，小心駛得萬年船。」

她一定是擔心船家不肯接載我，才示意我別曝露居家檢疫者的身分。

我們進入船艙時，已有幾名乘客在等着，包括看來是當地居民的一個抱着小孩的少婦、一個中年大叔，還有一個地產經紀模樣的男人，帶着一對夫婦和一對母子，似乎是來看房子的。所有人都跟我們一樣戴着口罩。

當我和美姐找座位坐下來時，才感到地方很擠——船艙很狹小，而且除了乘客，地上還放滿了一袋袋、一箱箱的貨物。

為了遵守跟美姐保持一點五米距離的約定，我唯有坐到少婦身旁那個邊緣角落。

船家核對完手上名單，宣布：「人齊了，可以開船。」

「這屋苑不單擁有私家船，乘客上船還要核對名單？」那對夫婦中的丈夫問。

「潮騷山莊很重視保安管理的。外來訪客若無業主或租客確認身分，保安員絕不會放行。即使讓你僥倖偷走上船，也要原船遣返長洲。」經紀解釋說。

「很嚴格嘛。」

「全都為了保障住客，包管你住在這兒，不會受到遊客的喧嘩騷擾。」

「管理費會不會很貴，這條船也算在裡面吧？」

「這條船是供住客免費乘坐的，的確包括在管理費內，不過算起來，現在一般新盤的管理費比這裡還要貴呢。」

「真的嗎？那麼船的班次密集嗎？」那對母子中的兒子問。

「原本每天早午晚各有三班船出入的。現在疫症期間調整班次，才變成一天只有三班船。」

「但班次卻說不準呢。」一旁的中年大叔插口道。「遇着天氣不穩定，常常突然停航。萬一颱風襲港，嘿，那就真的與世隔絕，叫天不應，叫地不聞。」

「大叔你住這裡？怎稱呼？」夫婦中的妻子問。

「叫我阿財。」大叔回答，嘆了口氣。「我真後悔貪便宜買了這兒。要上班實在太不方便，現在還不是要在市區另行租住房子？」

「財叔，話又不能這麼說。」經紀馬上接口。「潮騷山莊環境清幽，椰林樹影，水清沙幼，世外桃源一樣。到了假日你還不是可以回來度假，好好享受一番？」

「我現在才不是回去度假！只是疫情嚴重，老人家是高危族群，我才讓我老媽住進去避疫。」財叔說。「我現在是買日用品和食物去給她老人家。」

「啊，真有孝心。」經紀假笑着說。「用來避疫也很好呀。」

「好什麼好？好在與世隔絕，差也差在與世隔絕。」財叔氣憤難平。「連便利店、雜貨店也沒一間，買日用品也要坐船到長洲去才買得到，有多麻煩？弄得我要山長水遠的買東西來給她。」

「你孝心吧了。」經紀面有難色，看得出來他很想毒啞那位說話太多的財叔。

「其實現在網購那麼方便，又何需親自送貨呢？」

「誰家店子會送貨到一個孤島去？」

「也許你太少回來，不知道如今多了這項便利服務。」經紀一指地上的一堆貨物。「這些都是屋苑居民網購的貨物，店家將貨物送到長洲碼頭就可以了，屋苑管理處會替居民將東西送到島上。」

「這倒不錯啊。」來看房子的客人稱讚道。「挺方便的。」

「下船後，還不是要靠自己用手推車搬貨！」財叔嘲諷道。

地產經紀狠狠地瞪了財叔一眼，財叔才閉了嘴，假裝向外望風景。

來看房子的乘客竊竊私語一番，才又再想到問題。

「聽上去真的不太方便。潮騷山莊其實共有多少個單位？現在剩下多少戶仍在居住？」

「潮騷山莊由二十幢兩層高的西班牙別墅組成，共提供八十個單位，全都坐北朝南，背山面海，戶戶都能看到無敵大海景。初建成時，是當年新興的度假勝地和熱門投資項目，甚至連樂壇天后都前來拍攝音樂影片。」經紀陪笑道，攤開五隻手指。「我們公司現正代理其中五個單位。」

「即是空置率是多少呀？」

「這……」經紀想回答時，又被打斷。

「唉，你看今天假日，都只得他們兩家人出入，就知道還有多少人在住啦。」財叔指指美姐和抱着小孩的少婦，又忍不住插嘴。「那兒會所又關了，游泳池也關了，什麼設施都沒有，有的就只有風景優美。除非退休，又或者像美姐老闆那樣長期在家工作，才可以長住這裡吧。」

「現在也很多公司可以在家工作喇。」經紀尚在力挽狂瀾。

「疫症期間嘛！」財叔反駁。「那恢復正常上班時又怎麼樣呢？」

經紀一時語塞，為之氣結。

少婦只是在哄兒子睡覺，一點參與這場爭論的意欲也沒有。

「你老闆可以長期在家工作那麼好？是做什麼工作的？」那對母子中的母親問美姐。

「他是個作家。」美姐也不欲捲入紛爭，盡量少說話。

「作家？」那對夫婦中的妻子大感興趣的樣子。「叫什麼名字？」

「古勳。」

「古勳！」乘客間又起了點點騷動。

「就是那個古勳？寫《我在看着你》那個？」

「我有看他的《血耳朵》。」

「誰呀？」

「你小時候不是很害怕《瘋人院怪談》的嗎？那齣電影的原著小說，就是他寫的。」

少婦臉上終於露出了點表情，儘管戴着口罩，我看得出來她眼神裡的不屑和厭惡。我相信她也在跟我對望的一瞬間，讀到我眼裡同樣的感受——知己呀。

但很快她就別過臉，只專注在孩子身上，裝作沒有表露過任何意思。

「名作家也住在這裡啊，可見潮騷山莊是多麼有文化氣息的一個地靈人傑的好地方！」經紀再度硬銷。

「可他寫的是恐怖小說啊。」

「與世隔絕的荒島上，住着寥寥可數的幾戶人家，一時間雷電交加風雨大作，對外交通、通訊都斷掉……」

「挺像古勳會寫的東西。」

「想想也覺心寒。」

船艙內一陣尷尬的靜默，大家只好轉而望海。

鹹鹹的海風撲面而來，倚窗外望，顛簸的船身在海面劃出一道白色泡沫的浪花，遠遠地拖在後面。

船快要泊岸，目的地就在前方。

事實上，今天風和日麗。在藍天白雲的映襯下，背山面海的潮騷山莊真的像個世外桃源。

※ ※ ※

我們一行人在船泊岸後四散。

身材矮小、年紀老邁的財媽早就曲着背站在岸邊等候。船到後，她便默不作聲地跟在財叔身後，看他用手推車運載東西回家。

少婦抱着小孩一聲不響走了。

看房子的幾個人為這裡宜人的景色感到震撼，一時也忘了它的缺點，邊驚嘆着邊被經紀領着走。經紀當然不放過機會，乘機向客戶大肆吹噓住進來的好處。

船家將貨物一袋袋一箱箱搬下來，等着買家前來領取。

「走吧，古先生在等着。」美姐催促我，拉着手拉車走在前面。

於是我就拉着行李箱跟在她後面走了。

事隔十七年，再回到這個島，一切都好像沒變——這裡還是老樣子，不像市區的街道拆拆起起、商店結業後又換別家再開張，這裡沙灘還是水清沙幼，樹木山林依舊青蔥翠綠，只是房子讓海風吹了一年又一年，有點老化變舊了。

屋苑設計上明明是西班牙式別墅，卻改了個日式名字叫「潮騷山莊」，在樓盤名稱越改越刁鑽的香港，倒也見怪不怪了，況且這裡的文化特色就是東西方混雜在一起。三島由紀夫寫過一本小說叫《潮騷》，「潮騷」就是潮水拍岸的聲音，從我在這兒住過的回憶總是夾雜着海浪聲來看，這名字倒還算貼切。

那時候美姐還未開始替古動工作。那時候我還只是個十六歲的中學生——想到這兒，不知怎的胸口便隱隱作痛。

步行約十分鐘後，我們終於看見那幢大宅了。

那是一幢兩層高的別墅，座落在屋苑最高的位置，背山面海，還擁有自己的私家花園。

我還記得，第一次到來時，真被它的氣派嚇得目瞪口呆——它是潮騷山莊裡面積最大的單位，而且將上下兩層打通了，因此別家的都是單層單位，古家的卻是複式單位。它的花園面積也是屋苑裡最大的，還會聘請專人定時修葺，讓別墅四周都被悉心打理過的花卉、植物包圍，看着也覺心曠神怡。

我們推開大門，沿着小徑進入，拾級而上。

美姐停在大門前，掏出鎖匙。

我深呼吸一口氣，準備迎接命運的惡作劇……

※　※　※

大門打開的剎那，我怔住了。

時光恍似停留，大宅內的布置跟我離開前一模一樣——富氣派的黑色三角琴仍擺放在窗前，窗戶由大塊玻璃組成，採光效果很好；客廳中央是L形的米色長沙發和茶色玻璃小茶几，壁龕以精緻的古董擺設和蘭花盆栽作裝飾；通往上層的是一條優雅的螺旋樓梯，樓梯的彎度正好圍繞着那個觸目的巨型圓柱狀魚缸，色彩奪目的魚群在大魚缸裡面游來游去。

我還記得上層有三間睡房，包括連同浴室設備的主人套房和一間客房；古動工作的書房就在他的睡房旁邊；此外，還有一個小小的起居室。下層就主要是客廳、浴室和半開放式的廚房連飯廳。

「喵嗚——」

正當我沉浸在回憶之中，一團黑色毛茸茸的東西突然不知從哪裡向我飛撲過來，嚇得我踉蹌後退。當那團東西淒厲地喵一聲快速跑掉，我瞥見了牠金黃色寶石般的大眼睛，才知道那是一隻黑貓。

「愛倫坡看來不喜歡你。」美姐笑得前俯後仰的。

「那隻詭異的傢伙跟牠的名字倒頗匹配。」我說。
「換上拖鞋，噴了消毒噴霧，快去洗手吧，古先生說他在書房等你。」
「好的。」我翻了翻白眼。這個女人腦子裡就只剩下防疫了嗎？
「你知道洗手間和書房的位置嗎？」
「我知道，我在這裡住過。」
「對，古先生說你是他的遠房親戚。」美姐繼續嘮嘮叨叨的。「也不知道有什麼事這般要緊，明知要隔離十四日還是要從外地飛回來香港。他一個老人家，還要讓你來這裡住，這十四天都要跟你共處一室也不怕嗎？他有的是錢，讓你去住酒店不好嗎？」她搖搖頭，想不明白。
「放心吧，美姐。」我唯有安慰她。「我會跟古先生保持社交距離，還會記得戴口罩。」
「你千萬別忘記啊。」美姐說。「還要分開吃飯，分開日常用品。」
「好的，沒問題。」
我再三保證後，美姐才肯提着東西去忙她的活去。
然後我就沿着那條螺旋樓梯步上二樓。
那個大魚缸真的美得讓人目眩，我一邊走着，一邊忍不住慢下來靠近觀賞

——十七年前在這兒飼養的，是不是同一個品種？只記得當時的魚群也是色彩斑斕的。想來應該不會是同一批魚吧，觀賞魚的壽命有那麼長嗎？

※ ※ ※

古動的書房就像他的人一樣，陰陰沉沉的，籠罩着一種原始的冷酷。也許因為牆壁、家具都用色深沉，燈光又偏暗，而且長年都放下百葉簾的緣故吧。反正他工作時會亮起工作燈。

幾個大書櫃，除了堆滿書本、雜物，還有許多詭異擺設，像樣貌猙獰的面具、恐怖造型的洋娃娃、似乎從非洲部落帶回來的木制雕像等等。不得不提的是，這裡還擺有許多動物標本，以及一具骷髏骨頭……

「嗨，骨頭先生，我回來了。」我跟老朋友打聲招呼。

那具真人大小的人骨模型就坐在角落裡，穿着連帽外套和運動褲，朝書桌方向望過來——驟眼看會以為有個真人坐在那兒。

搞笑的是，骷髏頭上還戴着口罩，我極度懷疑那是美姐在疫症流行以後才加上去的。

這位骨頭先生十七年前就坐在那兒，也不知道是真的醫學人骨模型，還是只是在玩具店買回來的萬聖節道具，總之它是這間書房的一部分，會定期換上新裝，卻永遠忠心耿耿地監視着它主人的寫作進度——專業作家是否必須這樣鞭策自己？

我在沙發上坐下來，等着。

那位喜歡故弄玄虛的老人家，出場前必然要玩些花樣，不然如何配得上他「驚慄懸疑大師」的美名。

要介紹他的話，古勳就是「港版史蒂芬・金」、「小說界的希區考克」，一位非常多產的暢銷書作家，以創作恐怖驚悚小說為主，也輔以靈異、推理、犯罪等題材，作品被翻譯成多國語言，並被大量影視化，因此在小說界算是殿堂級的人物，在普羅大眾間也有一定知名度。

由他的外號，可見為何他的書房會布置成這個樣子——必須長期浸淫在冷酷可怕的氛圍之中，才能源源不絕的創作出驚悚小說吧。

坊間有過傳聞，指竄紅前的古勳曾到泰國跟鬼神作交易，奉獻出自己的靈魂，才被賜予無盡靈感，供他寫書之用；及後鬼神貪得無厭，要求古勳奉獻出更多的靈魂，於是親近古勳的人很多時會無緣無故死於非命，令古勳變成一個生人勿近的孤僻怪人；到最後，鬼神竟然連古勳唯一的兒子也不放過，所以才會發生十七年前他獨生子古賢亮震驚全港的失蹤事件。

我倒覺得有求才有供，一天有迷信八卦的讀者，一天這種無稽之談都會無日無之。

事實上，古勳以性情古怪孤僻而聞名，平日也鮮少公開露面，公眾對他的印象都由他的恐怖作品而來，亦難怪會產生這種帶有靈異色彩的詭祕聯想。

如今這位身患不治之症的老作家快要不久於人世，獨個兒隱居在這個被遺棄的荒蕪孤島，過着與世隔絕的生活。

他登報尋人，想在死前跟十七年不見的親生兒子再聚——在這個末世氣氛濃厚、社交隔絕的時期，會思念起親人來也實在是正常不過。

噠噠噠的腳步聲在門外響起，聽上去就不是人類走路的聲音。果然，進來的是一隻很乖巧的白色系拉布拉多犬，牠叼着一份文件走進來，將文件遞給我。

我將文件接過，一看，封面寫着《DNA親子鑑証測試報告》。

心突然怦怦亂跳。雖知道這個時刻遲早來臨，但我仍是不免緊張得手心冒汗。

那是我為了讓古勳拿去檢測，而特地從臺灣寄過來的口腔細胞樣本。為了證明沒有作偽，由採樣、封口入信封，到往郵局投寄的過程，我都有全程直播給古動看着。

「快看報告。」門外傳來古勳的聲音。

為什麼他走路沒有聲音的？

當他進來時，我馬上就明白過來——古勳坐在一部電動輪椅上，一部走動時很平順很靜的電動輪椅。

看見我驚訝的表情，古勳笑了。

「猜不到我要坐輪椅了嗎？不是告訴你，我病得人都快死了。」古勳伸手撫了撫那隻拉布拉多犬的後頸，牠就順服地伏在地上。

古勳比起視訊通話時所見的更有活力，雖然對比起十七年前是衰老了許多。他頭髮有點亂糟糟的，穿着晨褸像剛睡醒，架着厚厚的眼鏡，領口圍着領巾，腿上搭着一張薄毯子。

「人老了就是這樣，不比從前那麼帥喇！」他自嘲道。

「美姐沒有迫你戴口罩。」我說。

「老人家氣喘，就這樣說說話已經呼吸不暢順，再戴上口罩的話，包管幾天內就要為我舉行喪禮了。」古勳指指我手上的文件。「快看吧。」

雖然早就知道結果，但我仍然懷着忐忑的心情去翻閱它——結果証實了我們是親生父子關係。

「亮，過來，讓我看看你。」

我站起來，又感到猶豫。

「美姐說，我們要保持社交距離。」

「別發傻！」

「我還要強制檢疫十四天呢，不如待十四日後……」

「別傻了，管他什麼檢不檢疫，快把口罩脫掉！」

「可是……」

「就是那個什麼勞什子的疫情擴散全球，搞得好像世界末日一樣，老人家才更想見親人一面呀！你是我兒子，你在家裡還要戴着口罩嗎？」

我只好把口罩拿下來。

「過來。」

我俯身靠近他，讓他那雙粗糙的手撫上我的臉——這麼近距離看他，可以看見他的一對眼珠已呈白色混濁一片，看來已近乎失明狀態。

「亮，你的樣子好像有點不同。」他遲疑着，放下了手。

「當然啦，都過去了十七年了。那時我十六歲，正值青春期，模樣還沒有長定；現在我都人屆中年了。而且……」我欲言又止。

「而且什麼？」

「你別生氣，不過我——」

「整過容？」古勳不怒反笑。「為了逃避我這個爸爸，你寧願動手術改變自己天生的容貌？」

他太直接了，我一時語塞。

「好呀，做事夠決心，快、狠、準，像我一樣。」他別過臉，不知在想什麼。

我看不清古勳是真心的還是純粹想諷刺我——我根本從來都不理解他。

「什麼原因讓你回來我這個討厭的爸爸身邊？」古勳駕着電動輪椅，徑直往書桌駛去。

我難道告訴你純粹為了錢？這麼老實的原因，我說不出口。說是為了盡最後的孝心？也太虛偽了吧，那老狐狸不見得會相信。我只好保持沉默，呆楞着。

「知子莫若父——」他坐到書桌前，從抽屜掏出支票簿，馬上就簽了一張五十萬港元的支票給我。「我又怎會不知道？」

「嗄？」我呆呆地接下來。

「我說過，誰讓我們父子重逢，重酬五十萬。」

「我朋友——」

「在視訊通話時聽你說過了，是你在香港的朋友看見我登報尋人，打去臺灣告訴你，你才知道有這樣一件事的嘛？那五十萬元是給你朋友的，我不會食言。」

「可我朋友根本不知道我是古賢亮，他只是看見重酬五十萬元那麼多，當成趣聞告訴我的。」

「那沒關係，你可以隨便找個藉口把錢送給他，譬如你們合買的彩券中了獎什麼的。」他微微一笑。「當然，你自己把錢獨吞了，我也沒有異議。」

我木然看着他。

「至於你本人，目標當然更遠大一點——為的當然是我的身家財產。」

古勳直視着我，氣勢迫人——儘管我知道他根本幾乎看不見。

「你就好好地陪伴我這十四日，我滿意的話，十四日後我的全部身家財產就是你的。」

※　※　※

美姐完成了洗熨、煮食的工作後，就回去了。只餘下我跟古勳在偌大的兩層高豪宅裡。

在半開放式的廚房連飯廳晚餐時，我才發現大宅跟我記憶中最大的不同處，是飯廳角落加裝了一部家用迷你電梯——我早該在看見電動輪椅時想到，古動不可能駕着輪椅跑那條曲折的螺旋樓梯。

「你的健康狀況如何？」喝着飯後咖啡，我問道。

做為人子，裝裝樣子也要關心一下老父的病情吧。

「我這裡生了個腫瘤！」古動用力指了指自己的頭顱。「壓迫着神經組織，所以影響了活動能力，結果弄得要坐輪椅。」

「不能動手術解決嗎？」

古動搖搖頭，苦笑着說：「醫生說腫瘤太大，而且長的位置很刁鑽，動手術太危險了。」

「那可以跟它共存嗎？一時三刻還不至於太危險吧？」

「研究報告指出，罹患顱內腫瘤的平均存活時間是——十五個月。」他慢悠悠地啜了口咖啡，享受似地嘆了口氣。「醫生說我發現得晚，那個腫瘤應該在我腦內挺久了，他也說不準有多久。」

「如何發現的？」

「就頭痛嘛。但你知我根本每天都頭痛，哪個做創作的不是一開工就頭痛？我又喜歡喝酒，幾乎天天都喝。宿醉也是一定會頭痛的，還會嘔吐嘔到唏哩花啦。誰知道原來頭痛和嘔吐都是症狀之一，我哪裡懂得分辨？」古勳說。「有天起床，突然頭痛得厲害。早一天明明沒喝醉，但連直線都走不了，後來還癲癇發作，美姐來時我還在抽搐着！她就馬上替我召救護直昇機，把我送進醫院去了。」

「聽起來挺凶險的。」

「剛好跟死神擦肩而過。」

「你現在感覺還好嗎？」

「不發作的時候倒沒什麼。就每天起床，頭都痛到要裂開那樣。」

「那你的眼睛呢？」

「那是白內障，跟腦瘤沒有關係。」

「還能寫作嗎？」

「嘿，我早封筆退休了。這輩子還寫不夠？一整個大書櫃都是我的書。」

「是這樣嗎。」

有關他對自己病情的說法，我只是半信半疑。我亦不太相信，他會真的完全接納一個純粹為錢回來自己身邊的兒子。

「你問完了嗎?那輪到我問了。」

黑貓愛倫坡施施然伏到了古勳大腿上。古勳便一邊撫摸牠的毛皮，一邊餵牠吃零食。

「問吧。」

「可以把身分證明文件拿來嗎?我想看看。」

我把我的護照遞給他。

「這是真的還是假的?」古勳在翻閱我的旅行證件。「做得挺逼真的。」

「有錢就有方法。」

「真的?」

「暗網有些地下交易，可以替顧客偽造失蹤、死亡的意外，然後為他們準備另一個身分和證明文件，好讓他們換個地方，以新身分重過新生。」我解釋。

「就像完全變了另外一個人。」古勳讀着我的護照資料。「那麼你現在叫——錢文魁?」

「對。」

「請別怪我問題多多。當作家的第一要素，就是好奇心和不恥下問呀。」

「這我記得。」

那句話已經差不多成了古勳的口頭禪，讓他有藉口不分場合探聽別人的隱私。

「你決定放棄古賢亮的身分，之後都用錢文魁的身分生活下去嗎？」

「對，這我們在視訊通話時已經討論過了。」

「所以你才叫我別把我們父子重逢的消息告訴別人。」古勳笑得有點落寞。「連美姐都不知道我已經找回兒子了呢。」

「對不起。」

「你沒有對不起我，是我對不起你。一個令兒子離家出走的爸爸已經夠糟糕了；我還是個逼得兒子要請人偽裝『失蹤』來避開的一個父親，可想而知我有多麼的不堪。」

真是老奸巨滑的老狐狸——早一步自己罵了自己，讓我也不好意思再埋怨他。

「你肯回來我已經很高興，也不強求什麼了。」古勳頓了頓，佯裝關心似的。「只是想知道，你過得還好吧？」

明明就是想套話，裝模作樣的老頭。

「挺潦倒的，不然也不會出現在這裡。」

不是為了錢，我才不要再見你。

「也對。你有錢的話，也就不會願意回來了。」古勳苦笑。「但你現在以什麼維生？」

「教琴。」

古勳很訝異的樣子。

「我唯一懂得的東西——多得你那麼喜歡古典音樂，小時候還期望我成為演奏家什麼的。」

「但你本來是個作家啊。」

「只出版過一本小說的作家。」我自嘲。「我像你一樣，封筆很久了。不，應該比你還早得多——十七年前，寫完那本書我就封筆了。」

「為什麼呢？人人都稱讚你有天份，有才華。」古勳很婉惜很自責的樣子。「因為我嗎？因為恨我，連寫作也放棄了？就因為我是個作家？」

「別想太多了。」我說。「是私人原因——我不想寫了，覺得沒有繼續寫下去的意義。」

「噢，這樣啊。」

一陣沉默。

也許氣氛太沉悶，連愛倫坡也耐不住了，轉身跑去騷擾正在吃飯的拉布拉多犬，一貓一狗就吵吵鬧鬧起來了。

「對了，這隻貓叫愛倫坡，這隻狗又叫什麼名字？」

「麥高芬。」

我聽罷即忍俊不禁。

「很有你的風格。」

「你知道意思？」古勳一臉要挑戰我的表情。

「要考我嗎？」

他的表情加倍挑釁。

「『愛倫坡』是寫作驚悚懸疑小說最負盛名的作家，這不用說啦！至於『麥高芬』——就是一件可以推進劇情的關鍵道具，是希區考克的編劇發明的一個電影用語。」

「還沒有丟下你的文藝常識啊。」古勳興致勃勃的，好像很高興。「我最懷念的，就是跟你兩父子談文論藝的時光。」

「真的確認我是你兒子了嗎？」我忍不住冷笑一聲。「我可是過五關斬六將，才來到這兒的——汪小姐說我是經過千挑萬選，選出來的。」

「她有跟你說嗎？」古勳忍不住笑意。「這次能找到你，也真是全靠汪小姐。」

「聽說她是你的得力助手，她跟你工作很久了？」

「真的很久了，可要說她是我助手，也不太準確。我沒有直接僱用她，說是老朋友比較合適吧。有很長一段時間，她是主理我著作的編輯，交往久了，也就成了好朋友。」古勳說。「這次登報尋人，也就只有我、你和她三個人知道詳情和結果。」

「她說打電話來冒認古賢亮的人，可多得離譜，報稱的『失蹤原因』，還應有盡有。」

「經濟不好，騙錢的人自然多。我也跟不少人視訊通話過，他們編出來的故事天馬行空，荒誕離奇得很。要不是來人全為了騙我的錢，我倒會稱讚他們千奇百怪的故事精彩絕倫，創意無限！」

「好像挺有趣的，不如說些最誇張的來聽聽？」

「有一個說，他失蹤的原因是高斯酒店鬧鬼，他就是在電梯內被鬼上身『奪舍』了。自此那隻鬼就占用了他的身體來生活，所以這麼多年來，他都過着不是自己的人生。直到最近機緣巧合下，遇上道行極高的茅山師傅發現了這個情況，馬上替他做法事擺平那隻鬼，才幫他將身體搶回來——變回古賢亮！」古勳說。

「這時候他就看見了我的尋人啟示，於是就馬上趕過來跟我相認了。」

「《大靈異二〇二〇》嗎？」我失笑。

「又有一個，她還是個女的——」

「女的？」我啞然。

「女的。」古勳點點頭。

「怎麼可能？」

「她說她生來就有性別認同障礙，常常會偷穿女生的衣服，是個跨性別人士。她說那時候思前想後了很久，最後決定出國去做變性手術，但又知道我這個保守的父親不會答應，所以就打算瞞着我偷偷去做。她約好了朋友在高斯酒店等她，用男性身分進入酒店，再裝扮成女生的樣子走出來，大家光看閉路電視片段就自然以為『他』失蹤了！」古勳差點忍不住笑，但仍故作嚴肅地繼續說。「因為又要接受心理評估，又要接受荷爾蒙注射，又要做手術云云，整個過程搞了很久，到現在經過多年努力，她才終於適應了自己的新性別。這次回來是要告訴我——我的『兒子』已經變成了『女兒』，名字也從『古賢亮』變了『古晶晶』。」

「《丹麥女孩》的劇本！這個故事挺完整的，連心路歷程都有了。」我也感到佩服。

「甚至有一個說是被外星人拐走了！」古勳喝了口茶，才繼續說。「說什麼那天他在高斯酒店租了間房間構思新書，逗留到晚上，突然被強光照射，窗外黑夜如同白晝，不明飛行物體出現在面前，接着他就不省人事了。到他醒來時，發現許多身材矮小但頭很大、光頭、有着青灰色皮膚的大眼『外星人』圍着他，似乎在研究他的身體結構。接下來他總在半夢半醒之間，每當醒來時總發現被『外星人』拿來進行各種實驗，有時還會覺得疼痛或口渴等等，但大部分時間都處在昏迷狀態……到有一天，終於做完了實驗，可以回來地球時，就發現已經是二〇二〇年了。」

「《X檔案》。」

「還有一大堆差不多的——什麼進入結界到了異世界呀，穿越時空回到過去也有，還有說被特務捉走的！當然普通點的也有，都是什麼跟父親吵架所以離家出走、認識了壞朋友去幹犯法勾當、跟女朋友有感情問題所以玩失蹤什麼的……說得出的都有！」

「看樣子，我那個故事是最普通的了。」

「但我知道是真的。」他點點頭，像跟自己說話。「我就知道。」

真的？你真的相信我？

「亮，彈琴給我聽吧。我喜歡聽你彈琴。」

我就知道你還要出題目試探我。

※　※　※

當我推着古動的輪椅回到客廳，在那座三角鋼琴前面，有一瞬間我好像瞥見了那個十六歲少年的身影——十七年前失蹤的少年，常常會這樣應他父親的要求，彈奏他父親喜歡的樂曲。

那時候的古動並不是個坐在輪椅上的病弱老人，當時的他超級討厭——他總是高高在上、目空一切，自以為是上帝……

黑貓愛倫坡彷彿響應着我的想法，發出一聲淒厲的貓叫後，就嗖的一聲從古動腿上跳走，逃去無蹤。拉布拉多犬麥高芬倒是溫馴地磨蹭着我的小腿，乖巧的仰着頭，用牠那雙無辜的眼睛看着我，好像很期待聽我的演奏似的。

古動拍了拍手，把麥高芬召回身邊。麥高芬也就聽話地在他腳邊靜靜坐下。

「好了，你可以開始了。」

懷着深深的厭惡感，我勉強自己坐到三角鋼琴前，揭開琴蓋，閉上眼深吸一口氣。

不用看樂譜，我對這曲目太熟悉了。

指尖開始在琴鍵上滑動，貝多芬的《月光奏鳴曲》在客廳中流瀉，沉靜哀傷的氛圍縈繞在心間。

古勳靜靜地聽着，沒有表現出任何反應，似乎仍在觀望着——說到底這段樂章還算簡單，一般學琴的人要演奏並不困難。

我沒有花太多心思去留意他，雙手只是隨着音符飛躍，投入在音樂的世界裡。

直至我彈奏到第三樂章，我們的情緒都改變了——這部分的情感爆發十分激烈，對於演奏者的演奏技巧有很高的要求。

隨着我飛快敲打着琴鍵，澎湃激昂的樂曲夾雜着我複雜多變的情緒，展現出曾經以到歐洲學習音樂為目標的古賢亮的鋼琴演奏功力。我同時感覺到古勳漸漸地激動起來，直至我忘我的演奏完畢為止。

「不愧是我的兒子！」他眼眨淚光地鼓起掌來。

第二章　謊言

當年「古賢亮失蹤案」會震驚全港，除了因為他是著名作家古勳的獨生子，古賢亮本人也是位才華橫溢的文壇新星，但更重要的是他失蹤前的詭異情況全被閉路電視拍攝下來了。

二〇〇三年九月廿六日下午，當時十六歲的古賢亮前往銅鑼灣一間三星酒店探望一位朋友，之後便宣告失蹤。

他最後現身於高斯酒店電梯的閉路電視前，神色慌張的衝進電梯似在逃避什麼，然後按下頂樓的按鈕。電梯在頂樓停下，但電梯門打開以後，他並沒有即時離開，而是望向閉路電視的鏡頭眨了眨眼，彷彿知道那是自己最後一次露面，竟向鏡頭揮手道別，然後才走出電梯門，步行往天臺方向。

線索到這裡戛然而止。

當警方之後接報到酒店調查時，才發現天臺那層的閉路電視剛巧失靈，沒有拍攝到古賢亮走出電梯後發生什麼事。至於酒店大門的閉路電視雖然運作正常，卻沒有拍攝到古賢亮曾經離開酒店的片段。換言之，失蹤的古賢亮人應該還在酒店內，但警方已對酒店內每個角落作出了「地毯式搜索」，仍然是找不到他。

那個人人間蒸發已經十七年了……

電視螢幕裡的古賢亮此刻正望着我，畫面因為錄影帶年代久遠且重看次數過多，生出了好些雪花和雜訊干擾，只見他的手指詭異而富節奏地揮動着，彈琴似地做出了「再見」的手勢。

我每次看到這一幕都會心跳加速，以致十七年來都不敢再看這段影片。

但剛剛古勳將珍藏的錄影帶交給我，麥高芬甚至乖巧地叼來了電視遙控器，我實在難以拒絕。

現在夜深人靜，古勳已經上床就寢，愛倫坡和麥高芬也回到自己的貓窩狗窩去了。在昏暗的客廳，獨留我呆坐着發楞，把音量調到了靜音，默默地重播着有關古賢亮失蹤的報導——跟影片裡的少年一再對望。

他雙眼好像有種魔力，把我牢牢吸住，即使很想停下來，卻硬是無法做到。

反正我也不想回去那間臥室——從前古賢亮的房間。

除了屋外的海浪聲，客廳裡偶然也會傳來陣陣水聲，是大魚缸內的魚群翻攪水面造成的。

由於客廳主燈已關上，只餘下壁龕的裝飾燈，令我身處的地方昏暗得伸手不見五指。黑暗中顯得那魚缸又大又亮，大群的魚兒在水草和石山間游來游去，就像把水底世界的一部分轉移到這裡來。那群不知名的魚到底是什麼品種？樣子懵懵的，在銀閃閃的身側有點黑斑，讓它看上去好像每邊長了兩隻眼，肚子是艷麗的橙紅色。

太好了，能有東西轉移我的視線。

我走到那比成年人身高還要高出許多的大魚缸前，專心看着眼前的魚兒游來游去——你們一直在冷眼旁觀，到底知不知道發生了什麼？

※ ※ ※

結果我還是耐不住偷偷走了出去。

那幢大宅就是有種叫人窒息的感覺。

在海灘聽起來的怒濤聲要比在屋內聽到的巨大很多，幾乎震耳欲聾。令人感到恐懼的是，海面真的漆黑一片，完全什麼都看不見。

我仍然戴着那條號稱有追蹤功能的電子手環，據說在居家檢疫期間是不能擅自離開寓所的。但現在這裡四下無人，環顧四周就只得我一個，想來也不會對什麼人構成危險吧？況且受檢疫人士在隔離期間私下外出的新聞時有所聞，往往遭到其他市民舉報後，當局還是無法第一時間找到那些失蹤的檢疫者，讓我很懷疑那條手帶的真正效用。

我掏出手機，開啟手電筒功能，摸索着尋找前往會所的路。

潮騷山莊日久失修的情況真的越來越嚴重，越接近會所的路段越崎嶇不平，我踉踉蹌蹌地走着，終於找到會所那道生鏽的大門，發現被鎖鏈鎖得死死的。我走到雜草叢生的員工通道那邊，發現門前地上堆滿枯葉，應該好久沒人來過了。

我踏上那條霉氣撲鼻的樓梯，進入外牆剝落的大樓，穿過中西餐廳、酒吧、桌球室、托兒室，避過天花板塌下的會議室，最後來到宴會廳。這裡讓人想起龐貝古城遺跡或車諾比的隔離區，好像上一秒鐘還有人在活動，一瞬間卻人去樓空一樣，硬生生將一切凝固在九十年代。奇怪的是，會所內的設施大部分都保存得很好，大電視、影印機、收銀機、遊戲機等等都依然完整無缺，吧檯、地毯、桌椅都還在，餐桌上甚至仍有「留座」的牌子，雜誌架上仍放着當時的流行讀物和小說。而我眼前鋪有豪華桌布的貴賓桌上，小花瓶仍插着仿真絲絨花，旁邊的落地大玻璃窗外就是洶湧的波濤，頗有一番情調。

我大步跨過多年前已滾落地上的舞廳鏡面球，在窗邊的位置坐下來，致電給我的前妻。

「阿黛？猜猜我在哪兒。」

「在會所廢墟內。」她想也不用想。

「你怎會知道的？」

「要是你留在古勳家裡，又何需叫我猜呢？」

阿黛真是一個冰雪聰明的女子，也是一個可怕的對手。

「一切順利吧？」她問。

「還行吧。幸好我沒日沒夜地狂練那首貝多芬的《月光奏鳴曲》，果真派上用場了。」

「那老狐狸，總是對人很有戒心。」

「你可最熟悉他了。」

「對呀，伺候了那個麻煩鬼那麼多年。」

我的前妻叫汪黛莉，正是古勳的「老朋友」，那個他十分信任的編輯「汪小姐」。

說到這裡，任誰也猜得出來，我並不是古賢亮。我是貨真價實的錢文魁，拿的是真護照，從來沒整過容，也沒有跟什麼暗網的地下組織聯繫過，請他們去偽造我的「失蹤」。

我跟古勳約定別暴露我「古賢亮」的身分、別讓記者知道我們「父子」重逢，就是懼怕一旦知道此事的人多了，會抖出我的真實身分，讓古勳發現我是個冒牌貨。

但我需要錢是真的，為了錢來接近古勳是真的，打從心底裡討厭古勳也是真的。

討厭他並不是因為他是我專制的「父親」，而是因為一件陳年舊事。

※　※　※

古勳是我初中時的偶像。我差不多把他的小說都啃了個遍，有些特別鍾愛的作品甚至翻看了好幾次。從小三到中二那段日子，他都是我最喜愛的作家。

那時候，因為我想學古勳那樣以寫小說為職業，就戰戰兢兢地摸索着，嘗試寫了個短篇故事。雖然技巧很稚嫩，構思也不算太獨特，但對於一個文壇初哥來說，也是篇嘔心瀝血的創作了。但因為身邊朋友都不喜歡看文字，始終沒有給人看過。

到了書展的時候，我循例買了古動最新出版的小說，也加入長長的人龍去找他拿簽名。我還記得當時他的笑容有多親切，還問我叫什麼名字，簽名時不單寫了我的名字還加了一句鼓勵的說話。

年幼無知的我，以為真實的古勳就是如此地親切友善，竟然對他說——

「我其實也想做作家。我寫了個短篇故事，可以拿給古老師您看看嗎？」

「是嗎？可以呀。」

那時候我當然不知道他只是為了形象來者不拒，隨便敷衍一下粉絲。

我想他也料不到會有一個笨蛋，竟然隨身準備着自己的「作品」，以致在這個完全不恰當的場合，竟從袋子裡掏出一疊原稿紙來。

「謝謝您呀。這就是我的小說，請您過目。」我緊張得手也抖了，聲音也顫了，把自己的稿子傻傻地遞給他。

我記得他曾有過兩秒鐘的猶豫，臉上的笑容也僵住了，但很快他又堆出了笑臉，把稿子收下。

「我真的很喜歡寫作，希望您做為前輩能給我點意見。」

「好呀，好呀。」

身後的人龍開始鼓譟，我也不好意思再跟古勳聊下去，朝他點點頭，便匆匆拿着簽名新書走開了。

古勳沒有拒絕我，已經夠我雀躍許久了，激動得簡直熱血沸騰——年少的我應該是看得太多日本王道動漫作品，總妄想自己是那個只要不斷努力就會達成夢想的主角。

事後回想起來，也是自己不懂人情世故——試問在那種情況下，一個大作家又怎麼可能當面拒絕小粉絲的這個要求呢？尤其當我身後還有長長的人龍在看着，要是他當面拒絕我，我現場鬧起來，就破壞了古勳在粉絲心目中的形象了。

但當時的我頭腦簡單，並沒有想太多。

到了黃昏，已逛了大半天，快要離開書展會場時，我才記起我並沒有留下聯絡方法，這樣古勳看完我的稿子又怎樣找我談呢？於是我折返會場，找到古勳所屬出版社的攤位，負責人卻說古勳去了吃飯。

於是我又到餐飲部去找古勳。

看到古勳跟一個工作人員在場邊侃侃而談，我不敢上前打擾，只敢遠遠看着他的背影，打算待他們談完才上前去找他。

就在這個等待的空檔，我在身後的垃圾箱發現了一樣眼熟的物件——我的手稿就被插在垃圾箱的入口，跟汽水杯、沾滿醬汁的竹籤、三明治的包裝盒等擠在一塊兒，以致那些稿紙也沾滿了醬汁和汽水——這也是命運吧，全因為垃圾太多，早已擠滿了垃圾箱，才會讓我看見自己的「精心傑作」被當作垃圾丟棄在垃圾箱的入口。

我先是腦裡一片空白，然後就氣得血往上湧，感受到平生最大的羞辱。當我想衝上前向古勳問個究竟時，我在他們背後聽到以下的談話內容：

「以為會寫字就可以當作家嗎？」

「小屁孩懂什麼呢。」

「要知道我每一滴腦汁都是可以賣錢的，我會花腦汁去看他的垃圾嗎？簡直浪費我的時間！」

我當場氣得發抖。

我終於知道了古勳的真面目——他就是個傲慢無禮、自以為是的自大狂，以為自己是暢銷書作家就很了不起，完全不把人放在眼內，將粉絲都當是傻子，將新人都當是狗！

由那一刻起，我最喜歡的作家就變成了我最鄙視的作家。

※　※　※

沒想過的是，我跟古勳的恩仇還沒有完。

中四那一年，班裡來了個插班生，人未到就已經惹得師生間議論紛紛，只因他是名作家古勳的兒子。

我不會忘記第一次跟古賢亮見面，他踏進教室那一刻，那個跟他爸爸一樣冷颼颼的、目中無人的眼神——我一看他，他不過跟我對望了大概一秒，便燙傷似的，馬上別過臉去。

哼！這算什麼？我臉上有什麼得罪你了嗎，要不屑成這個樣子？

假如他長得平凡一點、醜一點，我或許會以為他是自慚形穢，因為我的長相在班中還算中上，甚至有人稱讚過我「可愛」呢；甚至假如他是個女生，我可能以為他是害羞了。

但那是古賢亮，人長得比我高大不在話下，看上去簡直像個偶像明星般帥氣，跟氣質飄逸的他相比，我這種外貌馬上變得平庸俗氣起來——所以說到底，那表情純粹是高傲得瞧不起人吧？就像在街上看見老鼠、蟑螂那樣，本能反應的轉頭避開。

不過算了，我又不是女生，上學也不是選美，男子漢大丈夫誰會這麼計較外表？我有的是內涵呀。我就不相信那種身為名人之後、一出生便被捧到天上去的人，除了外表還會有什麼本事。

但我錯了。

沒想過，我最看重的東西被古勳羞辱完，我最寶貴的東西還被他兒子奪走了。

我本來是中文科老師的寵兒，作文每次都拿高分，還會被當成範文給當眾宣讀——我人沒什麼本領，就作文這科是我最自豪的，文章每次被老師讀出時，看到同學們專心聆聽然後被吸引的樣子，我都會飄飄然喜不自勝。

但自從古賢亮來了，我的位置就被他搶走，大家都理所當然地覺得大作家的兒子文筆一定比一般人好。或許吧？他是懂許多艱澀的詞語，又很會拋書包，但他的文章聽上去總不太自然，就沒什麼人味，我自己就不太喜歡。但人就是愛追捧自己不會的東西呀，跟我的平易近人不同，大家就是覺得他那種莫測高深叫好。

我沒有自暴自棄，反而更下定決心要勝過他。

我放學後都到圖書館去找有趣的東西看，平常也默默觀察着身邊的人和事，將覺得有意思的點子記下，豐富我腦裡面的儲存庫，待有需要時便可以拿出來使用。

一個月後，我倆終於成了旗鼓相當的對手——我們的文章被輪流選為作文課堂的範文，有時連老師都拿不定主意誰寫得更好，便會把兩篇都全讀了。

古賢亮的文筆仍是公認最洗練的，老師評價說他的文章較有學養和深度，常會引用典故，但給人的感覺有點太咬文嚼字，有點拘謹；我的文風則比較豪邁奔放，也可以說是譁眾取寵，內容通俗，但卻更受同學歡迎！老師指出古賢亮的作品在文學技巧上比較優勝，但我的作品更合乎大眾口味，似乎更適合商業出版市場呢。

老師的話給我打了一支強心針。老實說，我又不打算爭取諾貝爾文學獎，亦沒打算在學術界的象牙塔裡混，我的目標只是當個可以糊口的暢銷書作家。誰要批評我太大眾化？我倒覺得那是對我最好的恭維。

我本人跟我的文章一樣，都比較受同輩歡迎。同學們都樂意跟我交往，覺得我人不錯，會說笑，也比較喜歡聽我那些趣味豐富的短文。他們說至少我寫的東西聽起來不覺沉悶，但聽古賢亮的作文卻令人昏昏欲睡。

古賢亮則人如其文，故作清高，曲高和寡。當初他就是來頭太大了，弄得人人趨之若鶩，都想跟他沾點光。但古賢亮對人卻極之冷淡，害人家老是熱臉貼着冷屁股，誰也會覺得不是味兒吧。試多了，當然誰都不想再招惹他。因此古賢亮在校園裡總是一個人，孤伶伶的。

※　※　※

「瞧，那個『獨家村』又假裝在看風景了。」小息時，有同學又開始揶揄起古賢亮來。

「不然他可以幹什麼？都沒有人理他。」另一位同學馬上附和，然後周圍聽見了的同學都訕笑起來。

我知道有人向我看過來，期望我會搭話，但我只是在旁邊默默聽着沒有回應。我假裝在看漫畫，但其實有偷偷瞥向古賢亮，想看看他這一刻臉上的表情——那個高傲的人，對這些凡夫俗子的譏笑應該無動於衷吧？但我驚訝的在古賢亮面上瞥見一閃即逝的類似於痛苦的情緒……我眨了眨眼，古賢亮仍是一臉漠然，那是我看錯了吧？

「喂，錢文魁。」仍有人死心不息。「那傢伙明擺着就是恃着爸爸是名人，在耀武揚威嘛，明明你就比他有實力，不給點顏色他看看嗎？」

「你就只是輸在起跑線——」另一位同學說。「儘管讓他吃點苦頭，叫他知道靠父幹也不是萬能的啊！」

「你們想要幹什麼？」我只好裝傻。「不理他不就好了？」

站在窗前的古賢亮聽見我這麼說，好像有點意外，偷偷瞥了我一眼。

「那不太便宜他了嗎？」其中一位同學甚是氣憤。「想想他初來時，把我們耍得團團轉的，以為他有多麼厲害啊？」

「就是嘛，尤其是你，常常平白無故的被老師拿你倆相提並論。」另一人說。「明明你就寫得更好笑，偏偏老師卻說他那些悶死人的作文更高分，這你不氣的嗎？分明就是裙帶關係，利益輸送吧。」

「你要出口氣的話，我們大家都會支持你的！」

大夥兒便乘機起哄，七嘴八舌的，都在慫恿我幹點什麼類似惡作劇的東西，好教訓教訓古賢亮。

也不是新聞了。這陣子這些好事之徒窺準機會，老想在我和古賢亮之間推波助瀾，打算將我捧起來當「首領」，形成一個小團體——一個以排斥欺凌古賢亮為樂的利益共同體。

我知道不屑古賢亮、想整他的人不少，但礙於他父親的身分地位，沒人敢帶頭，就旨望我來飾演那個「壞角色」。他們都覺得我跟古賢亮從一開始就是敵對狀態，我跟他一定有心結，所以我一定樂意為之。

但我雖然討厭他父親，也不喜歡古賢亮，卻不願跌入這種黑暗漩渦——群體的無情可以很傷人，也可以在團體壓力下突然失控走歪，看看那些童黨虐殺同伴的新聞報導便一清二楚。

況且我一向喜歡特立獨行，非常清楚太過融入一個社群，便會失去自我；而一個沒有自我的人，肯定做不成作家。

「就把他當成透明人不就好了嗎？」我婉言拒絕。「作弄人什麼的好幼稚啊，我們又不是小學生。」

「啊？真沒勁！」

「那就沒熱鬧瞧了——」

「平時見你那麼幽默風趣，還以為你會想出什麼怪招來奚落他，逗笑我們呢？」

「沒想到錢文魁是個懦夫，膽小鬼。」

「我知道了，因為那是他偶像的兒子。」突然有人說。「他就是想當古勳兒子的走狗！」

「原來還是想蹭啊？」

沒想到這樣毫無緣由地，只因我拒絕參與欺凌古賢亮的行動，就被誤會我為了想討好古勳，而成了他兒子的走狗。

我無法言說這對我來講是多大的屈辱——被誤會我要向自己最鄙視的人拍馬屁。

但我欲辯無從。沒有人知道我的手稿被古勳丟進垃圾箱一事，這種丟人的事我絕對不會向人透露。但人人都知道古勳曾經是我最喜歡的作家……

「最討厭這種光想蹭關係的人！」

「真沒骨氣。」

他們開始在我背後竊竊私語，盡說些難聽的說話。

「說到底靠父幹就是厲害啊，自己這輩子不會投胎，就唯有蹭別人啦。」

「也許想藉機認個『乾爹』回來？」

「哎唷，好噁心啊——」

大家甚至不再在我面前掩飾，大剌剌地當着我的面說，直接把我當成透明的。

結果到最後，我也成了校園裡孤伶伶的一隻幽靈。

※　※　※

事態的發展真的很妙。我跟古賢亮就是校園裡兩隻各自為政的孤魂野鬼，都沒有人搭理，卻都能找到自得其樂的法子——在圖書館、在後山、在天臺⋯⋯我們常常會偶遇對方，於是發現我們找樂子的地方往往重疊，也就在交換眼神時生出了一絲惺惺相惜。

有時候覺得古賢亮的眼神好像在邀請我，想我加入他，只是個性太內向而沒有明言。但我又怕我是想得太多，總是不敢上前。

唉，還是別想太多了。

那個第一眼便瞧不起人的古賢亮，真的會對我有興趣？

與其花這種時間去胡思亂想，倒不如專心點多看兩本書——校園生活本就於我如浮雲，每天上學都是難捱的得過且過；我雄心萬丈的是要當個暢銷書作家呀！

這天我又如常泡在圖書館。就當我在書櫃前面蹓躂，瀏覽着有什麼有趣的書可看時，看到有一本心頭好便馬上伸出手——是夏目漱石的《心》。

「呃，對不起。」跟我同時想拿同一本書而碰撞在一起的古賢亮，馬上縮手，靦腆地道歉。

「哎啊——」我也是一臉尷尬，然後做出禮讓的手勢。「請吧，你先看。」

「不好——」他遲疑着。「你也想看吧？」

「我沒什麼關係，有太多書可以看了——」我揮着手，示意四周都是書。

「我也一樣呢。」他假笑一下，然後拿起那本書，塞進我手裡，便頭也不回的走了。

我低頭看着手裡那本書，有點不是味兒——算什麼了，施捨我嗎？也對，人家有的是錢，也不稀罕這種供人借閱的圖書吧；不像我，連買書的錢也沒有，只能借。

「哼！」我隨便翻了翻那本書，覺得也不是太有趣，便把它放回書架上。

——我才不要接受那個人的施捨。

某程度上來說，也是我的自卑心在作祟吧。畢竟人家是個品學兼優的資優生，文才比我高，學養比我好，父親又是大人物；我卻只是一個閒時愛做夢、渴望成名的小人物，平日功課學業也只是馬馬虎虎，稍微獲得高評價的也就只有作文課而已。

※ ※ ※

我倆關係的突破點，發生在某個星期五的下午。

那時已經下了課，有一群學生正在操場打籃球，大部分同學都已經放學回家。

我剛步出圖書館，正前往二樓的儲物櫃途中，突然被音樂室傳出來的優美鋼琴聲吸引而停步——那是一首節奏緩慢的憂傷樂曲，我不自覺地跟隨着音樂，靜靜地來到音樂室門前。

從木門上的玻璃小窗窺探進去，見到竟然是古賢亮在彈奏鋼琴。

我有一點點訝異，但也沒想太多，只是駐足欣賞。

當時純粹覺得樂曲很動人，但我對音樂一無所知，並不知道是誰作的曲，更不知道樂曲的名字。

後來才知道那是貝多芬的《月光奏鳴曲》。

當時的我，當然不知道這首曲子共分為三個樂章。

我站着聽完了第一樂章，以為演奏要結束時，一頓之後樂曲卻變成了輕快的調子。不錯嘛，平靜哀傷也好，活潑輕快也好，兩種風格古賢亮都掌握得恰到好處。

演奏到了第三樂章時，我卻被深深震撼了——只見古賢亮突然著魔似的，指尖飛快地在琴鍵上躍動，我的心也隨着他跳躍的指尖經歷着高低起伏的跌宕，讓澎湃洶湧的情感隨着激昂的樂曲一瀉而出。我從不知他在音樂上也有如此造詣，一個人竟可以如此多才多藝，真讓人既羨且妒。

到他演奏完畢，我靜立了一秒，然後忍不住大力鼓掌。

古賢亮嚇了一跳——是真的名副其實的嚇得跳了起來，然後不知所措地看着我。

為了打破這尷尬場面，我只好推門進去。

「很厲害啊，我不知道原來你會彈鋼琴。」

「是爸爸逼我學的，他很鍾情古典音樂。」他靦腆地說。

「我真羨慕你。我小時候也很想學鋼琴，但媽媽嫌這玩意兒太花錢了，不肯讓我學。」

「你想學嗎？我可以教你啊。」

「真的嗎？」

古賢亮那麼平易近人，真的遠遠出乎我的預料。

「你想學剛才那首曲子也可以啊。」他拍拍長方形椅子空出來的位置，於是我過去跟他坐在一起，坐在鋼琴前。

「那要學很久吧？」我有點遲疑。

「反正我有的是時間。就下星期開始教你也可以呀。」

古賢亮似乎很雀躍，為自己提出的這個建議暗暗高興，卻又為了矜持不想顯露出來。

我當時一臉茫然，對這位我迴避了那麼久的「敵人」，一時間竟跟我如此親近，感覺很不真實。

「哎，你想認識我爸爸嗎？」為了打破沉默，他突然提起這個話題。「聽說你很仰慕他……」

可惡，連古賢亮也誤信那些流言是真的。

「——我可以介紹你們認識啊。」聽得出來他語氣不太願意，但也勉為其難。

「不。」我斬釘截鐵地。「天下間我最討厭的人，就是你爸爸！」

「真的？」古賢亮不但沒有生氣，表情甚至可稱之為喜出望外。「真巧，我也是！真是英雄所見略同。」

我傻了眼地看着他，但古賢亮真的為了我們這個共通點很興奮。

「這樣如何——」他打鐵趁熱。「逢星期二、四，放學後我教你一小時鋼琴。」

「學費多少？」

「免費。」

「免費？」

「但做為交換，我希望你逢星期三、五可以留給我一個小時。」古賢亮露出一個魅惑的笑容。

「用來幹什麼？」

「寫小說。」

「寫小說!?」

※　※　※

就這樣，我和古賢亮開始了我們古怪的友誼——或者說，那時候我以為是我們友誼的開端，卻不知道，是讓我墜落深淵的一個起點。

愚蠢的我，忘了「有其父必有其子」這句古老但富智慧的說話。

那時候我很高興能學到我一直想學的鋼琴，也不虞有詐，很努力地跟古賢亮合作寫小說。

原來古賢亮一直對寫作類型小說很有興趣，尤其是推理小說。但像老師說的，他的風格太文藝了，對於如何吸引讀者的注意力也感到無從入手，而我的強項卻在這裡。於是古賢亮提議，我主力想出好點子，好讓我們有個方向一起去討論和改良，而他就負責文稿潤飾方面，以彌補我描述能力和詞彙的不足。

「這樣真的行嗎？」對於古賢亮的建議，我還是滿腹狐疑——他爸爸留給我的陰影太巨大了，那疊插在垃圾箱口沾滿汙垢的原稿，老是在我的腦海中揮之不去。

「為什麼不行？」古賢亮卻覺得理所當然那樣。

「我也沒有寫過小說……」當然，我是在說謊——但唯一一篇小說卻被古勳視為垃圾丟掉，那我跟沒有寫過小說分別不大吧。「我作文也只是為了交功課——」

「你平常寫的東西就很有趣啊，連那些不愛閱讀的同學，也會被你的作品吸引住，可見你的想法多麼有魅力吧？」古賢亮提起我的文章時雙眼閃閃發亮，那種興奮神態，是我在平常害羞內向的他身上從未見過的——他似乎真的很欣賞我的想法，這個認知竟讓我禁不住臉紅。

「呃——」我頓時不好意思起來。「那……就試試看吧。」

「我們雙劍合璧，說不定真能闖出一條新血路！」

「想不到你竟然對寫小說這麼有興趣。」我說。「還以為你只愛念書和嚴肅的學術研究呢？就……對一般品學兼優生來說，這種不計分的東西，會覺得浪費時間吧？」

「浪費時間？怎會呀，念書才是浪費時間吧。」

「誒？」

「所謂品學兼優，還不是做給別人看的嗎？就純粹為了敷衍大人吧了，真會有人想當品學兼優生這種悶出鳥來的事？」

他的回答真的大大出乎我意料之外。

「蛤？多少人想當品學兼優生啊，只是沒有能力吧了。」我翻了個白眼——古賢亮果然是個不知民間疾苦的小少爺。

「你就不會對這種事有興趣吧？」他睜大眼看着我。

「為什麼你會有這種認知？」天知道我多想學業成績亮麗一點，但就天生不是讀書的材料啊。

「因為……我覺得你很有趣啊。」

「啊？」我為什麼又臉紅了——一定是因為從沒被這麼漂亮的眼睛瞪過吧？

「你跟其他人都不一樣。」他好像很了解我的樣子。「所以我都沒興趣跟他們說話，但對你就是不一樣啊。」

他這種算是「直球表白」嗎？我感覺自己連耳根子都好像燒起來了。

「也是呢，你爸爸是古動啊。」我顧左右而言他。「你將來能成為大小說家也說不定？」

聽見我提起古動，他的臉色卻陰沉起來。

「這跟他一點關係也沒有。」古賢亮斬釘截鐵地說。

「看來你真的很討厭你爸爸？」我試探着問。

「嗯，他就是個令人討厭的人。」他看着我，澄澈的雙眼彷彿看透了我。

「同意。」我點頭道，向他笑了笑。

他也笑了。

好吧，我們達成共識了——我們最大的共通點、最志趣相投的一點，就是討厭古動！

「那我們要怎樣開始啊？」我覺得茫無頭緒。

「嗯——」他沉吟着。「先成立一個組織？」

「什麼組織？」

※　※　※

我們在學校裡祕密成立了「推理小說研究學會」，但只有兩個會員，就是我和古賢亮。每有空閒時間，我們不是到圖書館找資料，就是躲到天臺或後山商量創作大計。

某個星期五下午，放學後，古賢亮抱着一大疊書來到天臺。

當時我正在整理我們的創作筆記，將推理小說吸引人的元素一一列出，逐一進行分析。

「選好了題材沒有？」他一開口就問我。

「寫推理小說，一定要牽涉死人才好看，謀殺案是少不得的！」我看着筆記說。「殺人的原因不外乎為錢財、為感情、為復仇……」我扳着手指，還在算計着我想過的犯案動機。

古賢亮啪的一聲，放下那大堆書在我面前。

「看看這裡面有沒有什麼啟發？」

那是一大堆不同種類的書——《香港奇案實錄》、《香港奇案實錄II》、《犯罪心理》、《世界重犯檔案》、《不解之謎》、《猜謎遊戲》、《怎樣寫推理小說》、《寫作祕笈》……竟然還有《聖經故事》和《希臘神話》！

「《聖經故事》和《希臘神話》是幹嗎的？」我指着那兩本書，完全摸不着頭腦。

「你不知道嗎？很多殘忍恐怖的故事都可以在這兩本書中找到——亂倫、強姦、殺父、殺子、吃人……」古賢亮還在扳着手指數着。

「真的嗎？好像很有趣。」

我已經急不及待翻看起來，然後被《希臘神話》裡的插圖深深吸引住——我那時並不知道那些都是擺放在博物館的藝術品或歷史文物的照片，只是見到許多姿態曖昧還半裸着的男男女女，還有兇殘的怪物、史詩式的戰爭場面等等，真是色情、暴力兼而有之！

「要挑個夠聳人聽聞的犯案動機吧？」古賢亮問。

「當然了，越變態越好。」我也興奮起來。「又黃又暴力又重口味的！」

「這樣……讀者會不會接受不了呀？」他有點遲疑。

「怎會？現在的賣座電影、最受歡迎的美劇，多多少少都有些血腥、暴力、色情場面的，這樣才夠刺激過癮嘛。」

「這樣啊——」

「小說是寫給外面的人看的，不是寫給家長和老師看的，所以不用再裝品學兼優生了——」我盯着他，作起念咒的動作。「古賢亮，解～放～自～己～吧～～！」

「哈！」他笑了出來。「好吧。」

「老實說，大家看小說，就是想逃避現實呀。」我說。「要是故事跟現實一樣沉悶和循規蹈矩，有什麼好看？」

「逃避現實不會想看些甜美幸福的內容嗎？真會想看色情暴力這些？」古賢亮不解地問。「不就比起現實更痛苦嗎？」

「怎會呀？因為明知道那是假的呀！」我翻了個白眼——他真的是個不問世事的傢伙。「知道是虛構的，就不會痛苦了，只覺得是娛樂。」

「看見別人痛苦也是娛樂？」

「哈，人就是最喜歡幸災樂禍的生物，看看身邊那些一天到晚想整我們的同學，你還不明白嗎？」

「啊——」古賢亮恍然大悟的樣子。「原來這樣。」

「你別這麼搞笑好不好？」我沒好氣地，但又覺得他這樣不懂俗務有點可愛。

「我搞笑嗎？」古賢亮一臉吃驚，好像聽不懂反話。

「超好笑。」我白了他一眼。

古賢亮不作聲，眼珠一轉，突然臉紅起來，好像終於聽明白我是在諷刺他了——他本來就是個聰明人。

在尷尬的沉默中，我默默翻動着書頁，我們四隻眼就在那些可怕的插畫間溜來溜去。

「現實生活中，你有想殺的人嗎？」也許書頁上殘忍的插畫啟發了他，令他問出這個問題。

「嗯……」我沉吟着。「氣得想殺人時常都有，但也只是一種形容，不會真的想殺了那個人吧？」

「到底要有多大的仇恨，才會真的想下手殺掉一個人呢？」古賢亮一臉認真，似乎終於進入思考創作的狀態了。

「要有多大仇恨？」我也認真起來，陷入沉思。「先參考一下現實中、歷史上的真實案例吧？」

於是我們那天就埋首在那堆「姦、淫、擄、掠」的題材之中，看資料看了一整個下午。

※　※　※

寒假的時候，古賢亮跟隨他父親去了歐洲歡度聖誕。

多奢侈的有錢人！

而我這個窮人就只有羨慕和妒忌的份兒。

我唯有接受，世界真的很不公平——儘管穿上校服的時候，大家都是平等的，因為在校園這個跟外界隔絕的環境裡，人與人的分別驟眼看來並不明顯；但當各自要返回自己所屬的階層時，分別就很顯著了，大家居住的環境、進行的活動、享受的物質，根本就是完全不相同……

期間古賢亮曾寄過幾張明信片回來——這算什麼，慰勞我嗎，抑或可憐我？

不知道是不是那傢伙太過不吃人間煙火，見我對《希臘神話》裡的插圖似乎很著迷，就誤會我喜歡油畫藝術什麼的，所以都選擇寄油畫明信片給我。那真是天大的誤會，我只是喜歡看那些半裸的少男少女。然而他寄回來的明信片，裸是有半裸的——但有一張半裸上身的是個老男人，身旁的俊男美女卻都穿得密密實實的；另一張半裸的又是一個男人，雖然年輕些但有點不修邊幅，好像想色誘床邊的女人，但那女人卻穿戴得整整齊齊；唯一一張有兩個裸女的，體態卻似乎有點胖，而且她們兩人跟一個半裸的老頭在一起不知道想幹什麼，難道是中世紀的「援交少女」？

我沒有興趣深究那幾幅油畫背後的故事，隨手便將它們放進抽屜——要看裸女，我還不如看我老爸從好景商場買回來的色情光碟。

在天寒地凍的假期裡，也沒有人約我去慶祝聖誕、除夕什麼的，我也提不起勁來溫習假後的學校考試，於是就只有埋首去續寫我們那篇小說。

古賢亮早前寫好的部分，太嚴肅認真了，我怕讀者會覺得沉悶，於是在這裡改一改、在那裡又加點枝節什麼的，希望將它改得更引人入勝。

其實我覺得自己真的挺有寫作天份，自己寫着寫着也覺得很享受，因為構思劇情是滿有趣的，尤其適合像我這樣的一個窮人——既然在現實裡哪兒都去不了，我可以在我的幻想世界中去任何地方、幹任何事情，那是我一個人的冒險，只要我想得出來，寫了下來，在文字世界中它就發生了。

我說有光，就有光。

我創造了一個角色，那個角色在故事中的思想、行動就完全由我控制……

我就好像上帝一樣。

這種突如其來的省悟，令我更喜歡寫小說。

※　※　※

古賢亮回來了。

我當然問他拿伴手禮。可他送給我的是一張莫名其妙、封面有點恐怖的舊唱片，是Nirvana的《Incesticide》，有點另類的搖滾樂。我英文差，不知道碟名是什麼意思，還特地去查字典——原來是「殺蟲劑」？

真不明白有錢人送禮的準繩是什麼？覺得我是「臭蟲」，想消滅我？還是自己買錯了、覺得不好聽的唱片就轉贈給別人？

我個人認為，選購禮物給別人，首要考慮的應該是收禮物的人的喜好和需要，而不是買禮物的人喜歡什麼就送什麼。不過有錢人就是任性，又怎會明白我們這些窮人？我們窮人資源不足，只想他們送「有用」的東西；否則沒用的東西要放在家裡，也因地方狹小沒地方放呢。

不過古賢亮就是這樣的一個怪人，我也開始習慣了。

他不跟人交流的時候，總是好像在沉思些什麼，就像活在自己的頭腦裡。

我老是在猜想，他的腦袋到底是什麼構造的，他到底在想些什麼。

曾有一段時間，在我倆交往最密切的時候，我以為我終於開始了解他，以為我們終於可以成為交心的朋友了……

但原來他的內心，對於我來說，由始至終都是個謎。

※ ※ ※

說起來真的很奇怪，也很諷刺——在香港最悲慘、最艱難的那段時期，卻是我人生中最開心的一段日子。

那年是二〇〇三年，三月尾因為SARS事件全港學校停課。

那段不用上學的日子，我跟古賢亮差不多天天膩在一塊兒，不是搞創作就是彈鋼琴，誰家裡沒人就往誰家裡去。

然後到了暑假，因為他父親到了海外參加國際性的書展活動，古賢亮邀我到他們家的度假屋（即是潮騷山莊）去閉關寫作，還跟我一起到那間鬼屋似的廢棄會所去探險以尋找靈感。

回想起來，那就是我們的青春啊，那段日子真的無憂無慮很快樂。

我們合作寫的小說已經完成得七七八八。

原本我只是抱着玩票性質，從沒考慮過出版的可能性。但古賢亮說他認識出版社的人，會拿去試試看是不是有出版的可能。

他說跟我合作得很愉快，更問我是否會考慮跟他長期合作下去，讓我倆好像「高安兄弟」那樣，成為一個名牌組合，以後都合作無間。

我忙不迭地答應了。

——還以為找到了一輩子的好朋友和好搭檔。

誰想得到這段快樂時光是如此短暫……

原來一切都是謊言。

古賢亮利用了我，從一開始就是有預謀的借意親近我。所以「推理小說研究學會」才要保密，我們暗地裡做的一切，除了我跟他以外，根本無人知曉。

這樣做是為了方便他篡奪我的功勞。

最後我們合著的小說出版了，但作者署名只得古賢亮一人。

※　※　※

九月時古賢亮失蹤了，新聞鬧得很大，甚至有警員來找我問話。他們問我古賢亮有沒有透露過想離家出走的想法，問他有沒有聯絡過我。

當時我驚慌失措，六神無主——一個跟你差不多天天見面的朋友突然人間蒸發，任誰都會焦慮不安，擔心他不知遇到什麼可怕的事情或意外。

我就那樣惶惶不可終日地東奔西跑，找遍古賢亮可能會去和說過想去的地方，希望找到一點線索，可以知道他的下落。

我知道古賢亮最討厭的是他的家和他父親會出現的地方。然而他平常喜歡去的祕密地點我統統都找遍了，就是我們平常最愛蹓躂的那幾處地方，他不在，也沒有留下什麼訊息給我。

我記起古賢亮跟隨父親外遊時，曾從外地寄過幾張明信片給我，都是在當地的藝術館或博物館購買的油畫明信片，似乎只是順手購得，也沒有暗示過對那些地方很嚮往什麼的。

雖然古賢亮說過他父親想他留學歐洲學習音樂，但他自己對這個想法卻似乎不太熱衷。

我終日苦思着古賢亮失蹤前有過什麼特殊舉動，或有沒有暗示過什麼。

然後《黑暗中起舞》突然上市，號稱是天才少年作家古賢亮失蹤前完成的最後作品。

名作家古動的兒子，加上轟動全城的失蹤案，這些噱頭已足夠引起搶購潮，令小說甫出版便成了不停再版的暢銷書。

——那就是我們合著的小說。

我的名字失蹤了，跟古賢亮的人一同消失得無影無蹤。

但那時候我還是關心古賢亮的安危多一點。我領教過古動的嘴臉，不想被他奚落我是想沾他兒子的光才亂編故事，所以放棄了找他的打算。我直接跑到出版社，說要見負責人，打算問問他們知不知道古賢亮人在何方。

當時出版社的負責人就是汪黛莉，即我後來的妻子，但我當然不知道她後來會跟我有感情瓜葛。

初次踏足大型出版社，我是誠惶誠恐的，因為這就是我夢寐以求的合作機構。結果發現那兒也只是一個普通辦公室的模樣，也許顯得更雜亂吧。

第一次見汪黛莉，感覺她是個超級能幹的內行人，也是一位挺關照後輩的大姐姐。她見我慌慌張張的，看起來也只是個中學生，就領我到會客室坐下，給了我一杯熱茶。

「小弟弟，你叫什麼名字？還在念中學吧，想投稿嗎？」

「我叫錢文魁。」在她調笑的目光下，我怪不自在的。

「找我有什麼事？慢慢說，不用慌。」

「我是《黑暗中起舞》的作者。」我還未組織好就忍不住衝口而出。

汪黛莉皺起眉頭，側着頭看我，一臉不解。

「《黑暗中起舞》的作者是古賢亮，我十分清楚。因為我就是小說的編輯，之前都是我跟賢亮開會、給他意見的。」她說。

「他跟你說那是他一個人的創作？」

汪黛莉點點頭。「賢亮交來的初稿已經完成度很高，給我的印象很深刻。」

「古賢亮沒有說那是跟別人合著的？沒有提及過還有另一個作者？」

汪黛莉搖搖頭。「由始至終，古賢亮跟我開會時都稱之為『他』的作品，沒有聽說過還有別的作者。」

聽到這裡，我不禁無名火起。

「那是我和古賢亮一起合著的小說。」我將帶來的文件攤到桌上，都是小說的草稿、我們搜集回來的資料和平時做的創作筆記。「看，這就是證據，小說是我們一起構思、修改的。」

汪黛莉來來回回翻看我帶來的稿件，眉心蹙起，久久不語。

「你想怎麼樣？」她看着我。

「你知道古賢亮去哪裡了嗎?其實我上來的目的主要是問這個!」

不知怎地,我心裡浮現了「畏罪潛逃」這個想法——但他幹的又不是什麼大罪,也不見得有「人間蒸發」的需要吧?

「你想問的,就只是古賢亮去了哪裡?」汪黛莉怔了一怔,然後又好像舒了口氣的樣子。

「這很重要吧,全城都在找他。」即使我恨古賢亮抹殺了我的位置,也還是想要了解清楚他的安危為先。

「他現在在一個安全的地方。」

我一半放下了心頭大石,一半感到被出賣和玩弄——搞什麼?古賢亮你並不是遇上了什麼危險,只是自己躲起來,而且編輯小姐還知道你的去向,而你卻什麼都沒跟我說?

我剎那間明白了一切都是謊言,原來我們之間的友誼是假的。

「即是說古賢亮並不是真的失蹤了?」我鍥而不捨地追問。

「這個問題很複雜。」汪黛莉托着頭,很苦惱的樣子。「但我們首先要搞清楚一件事——有關小說作者的名銜,你是否願意放棄?」

「嗄?」我沒有想過這個問題,即時啞掉了。

「當然，由於你有確鑿的證據證明你是作者之一——」汪黛莉指了指桌上的稿件和筆記。「所以這個選擇權在你手上。」

我還真沒想過，出版社負責人居然會相信和尊重我這個中學生。

「但有些利害關係你要先考慮清楚。第一，古賢亮事件現在鬧得這麼大，你的突然出現一定會遭人話柄，『為了沾光』呀、『編故事搏上位』之類的難聽說話，要想想自己是否承受得了，大眾一定會先入為主的同情已然失蹤的主角古賢亮。第二，假如你未來仍然想當作家，這種負面的登場方式是否理想？會否連帶影響你未來的作家形象？第三，小說已經出版，書店和貨倉裡的存貨已然印刷好，為了加上你的名字是否需要重印？已購買的讀者又怎辦，要替他們免費換貨嗎？這些調整和向讀者澄清事實所作的宣傳，費用由誰支付？」

「這……我倒沒想過。」我被她一下子拋出來的一連串問題嚇壞了。

「雖說要你退出很不公平，但要想想看，古賢亮將你的創作據為己有，絕對是一宗大醜聞，到時候《黑暗中起舞》就會被棄如敝屣沒人想再看，因為沒人想購買一本賊贓，你的心血到時一樣會被人無視。」

汪黛莉頓了頓，也拿起她的麥克杯，呷了一口她的茶。

「要明白，現在的搶購潮，很大一部分是基於古賢亮失蹤這個話題，人們出於悼念一種美好事物消逝的情懷，才會去買他的書。所以當另一個作者出現後，古賢亮就變成了壞人，讀者也只會將你當成戳破他們美好想像的歹角，令已然印刷好的小說滯銷。」

我無奈地點點頭。

「而且我們出版社可以給你一個更理想的方案，以補償你的損失。」

「是什麼？」我一臉茫然的看着她。

「我們可以將你應得的一半報酬支付給你。即是小說賣出後賺到的版稅，你跟古賢亮五五分帳，這方案你滿意嗎？」

「好像……也不錯吧。」我也不知道還可以說什麼，只是捧着杯子發楞。「但古賢亮失蹤了，你們還會支付他的份嗎？支付給他爸爸？」

「老實說，他的份早就預支給他了。」

「嗯？」我一怔。

「古賢亮拿稿子來給我時，前題就是說他急需一筆錢，假如我可以預支稿費給他，他才會選擇我們的出版社。」汪黛莉挑了挑眉，看着我。「那時候他口氣可大了，說自己是名作家古勳的獨生子，這個噱頭就夠我們賣書了，還說那是他嘔心瀝血的處女作，包管我們滿意。」

那真是我認識的那個靦腆內向的古賢亮？還是說，我一直以來認識的那個「他」，都是裝出來的？

「當時我也覺得他說的頗有宣傳噱頭，也就答應下來。最主要其實是我也認識古勳，想到將來出了什麼事，譬如他的書根本不賣錢，叫他老爸來埋單就可以了，所以就很爽快的簽了支票給他。」

「古賢亮到底要錢來幹什麼？還有他現在人到底在哪裡？」

「這些問題我會解答你──」汪黛莉壓低聲音說，然後透過百葉簾瞥了瞥玻璃隔間牆的外面，沒有人注意我們。「但不是現在。你先等一等。」說罷她就留下我一個人，開門走了出去。

我心亂如麻，一時間接收了太多資訊，頭腦一片空白。這段日子以來，為了古賢亮失蹤一事，我可謂心力交瘁，現在好像失去了精神支柱一樣，霎時間變得委靡不振。

過了不知多久，汪黛莉總算回來了，還拿了一份文件和一張港幣五萬元的支票給我。

「這份是保密協議──承諾你會放棄《黑暗中起舞》的作者名銜以及不會公開我們今次會談的內容，並且答應未來都不能對外提及我們的交易協議。你簽了就可以拿走這張支票。」

看着眼前實實在在的法律文件和支票，我楞住。

「我簽了，妳就會告訴我古賢亮的下落嗎？」我沒有忘記我前來的初衷。

「對。」

「好吧。」我簽了名，填下我的個人資料，還讓她將我的身分證拿去影印。

整個過程十分正式和嚴謹。末了汪黛莉將我帶來的手稿、資料和筆記全都沒收了，說這些由她保管是純粹為了保障大家，以免我在不自覺的情況下違反了保密協議。

反正我已經放棄了自己的權利，再保留那些也沒用了。

我再開口追問：「古賢亮……」

「你自己看吧。」汪黛莉交給我一個公文袋。

我打開，發現裡面是一間私家偵探社的調查報告，調查的正是「古賢亮失蹤事件」，委托人是古勳。我驚訝地抬頭看了看汪黛莉。她再度挑了挑眉。

「你不會以為他爸爸什麼都不做吧？況且古勳有的是錢。」

我翻開報告內頁，看到一系列偷拍照，主角都是古賢亮和一個身材高大皮膚黝黑的男生，背景是一個度假勝地似的有陽光和海灘的地方。照片中二人談笑着，某些偷拍角度甚至給人一種曖昧的感覺。

「古賢亮是同性戀，你知道嗎？」

拿着那份報告，我已經激動得無法回答。

「為了性取向的問題，賢亮跟爸爸鬧翻了。於是自製『失蹤』，為了跟男友到外地重過新生。」

「如何自製『失蹤』？」我感到難以置信。

「你知道在外國，『假死』近年是一門新興產業嗎？想『假死』的人只需付錢買一個『套餐』，服務提供者便會提供真正的死亡證、一份驗屍報告和一具出現現場按照驗屍報告的死法死亡的屍體。此外，還會輔加一些相關的新聞報導。」

對於這種聞所未聞的事情，我聽得睜大了眼。

「這種服務能幫助許多人逃離債務或感情糾紛，讓他們可以在另一個地方，如白紙一樣重過新生。想想看，連『假死』也可以辦到，『失蹤』簡直是小兒科！」

「古賢亮光顧了這種服務？」

汪黛莉點點頭。她說：「我想這就是賢亮為什麼要背叛你，私下將小說賣了的原因——他需要那筆錢。」

我不忿地咬着唇，默不作聲。

「他從沒向你透露過，交了一個男朋友嗎？」

我搖了搖頭。

「噢，還以為你們是好朋友呢。」汪黛莉說。「找到能一起寫小說的搭檔很難得呀。」

我默然不語。

我問她：「既然私家偵探已經找到他，古勳幹麼不向警方銷案？」

「我想是『不想家醜外揚』的觀念在作祟吧，古勳始終不想別人知道兒子是個同性戀──萬一事情曝光了，記者們就會大肆報導。」

「真是離譜！」我咆哮道。「妳幹麼不舉報他？還勞師動眾的，簡直浪費警力！」

「別激動，別忘記你剛簽了保密協議。」

天啊，我剛剛簽署了什麼!?

「你想想看，出版社、古勳和古賢亮都是既得利益者，沒有人會想真相被公開。」

「我不明白。」

汪黛莉嘆了口氣，分明覺得所有事都要向幼稚的我逐一解釋一遍，讓她感到力竭筋疲。

「古賢亮就是整件事的始作俑者，他就是想『失蹤』，怎麼會希望被找到呢？所以他自己絕對不會去銷案。」

這層我明白。

「而剛才已經解釋過，小說銷量好只因為作者失了蹤。基於出版社的立場，一定是想小說越賣得多越好，又怎會主動去銷案，讓作品唯一的神祕感消失呢？」

我點點頭。

「至於古勳，坊間有些什麼傳聞？就是說古勳早年跟鬼神作了交易，才能一路寫出那麼多讓人心裡發毛的恐怖小說，結果利用鬼神的報應現在來了，就是要古勳連自己的兒子古賢亮也失去。」汪黛莉看着我。「跟這些詭異傳聞拉扯在一起，對於創作恐怖題材的人來說，一定會有宣傳作用——所以古勳乾脆讓『靈異傳聞』越傳越盛，成為自己的形象包裝，變成自己的賣點，其實一切都是他作為名作家的商業計算。」

「我終於明白了。顯然出版社也有同樣想法，因為你們除了代理古賢亮的小說之外，也有代理古勳的作品——失蹤案對兩人的書都起了宣傳作用，又加了同情分，對你們百利而無一害！」我說。

「你終於明白了。」

「說到底，我就是這件事的唯一受害人了!?」

「你賺了五萬元！」汪黛莉說。「你可知道一個普通新人作家能拿到多少版稅？有些連一千元也沒有，甚至還要倒貼。」

「可我嘔心瀝血的處女作被盜用了、被以為是好朋友的人背叛了、被你們出版社給賣了，還被所有人當成傻子般耍了一場——只得我因為擔心古賢亮安危而東奔西跑、吃不下嚥！」我含着眼淚，氣得渾身發抖。

汪黛莉憐愛地看着我，好像十分同情我的處境。

「弟弟，你今年才多大？」汪黛莉問。「你還有大好的未來在等着你呀。」

我強忍着眼淚，不服輸地看着她——我最痛恨被當成小孩對待。

「我汪黛莉可是行內數一數二的編輯，不信你可以問問別人。我答應你，你下一部新書，我幫你做編輯！」她拍拍心口，爽快地說。「只要有新作，馬上通知我。有什麼新構思也好，也可以找我一起聊呀。」

汪黛莉遞給我一張卡片，上面有她的手機號碼。

※　※　※

一個月後，汪黛莉接到我的電話，到蘭桂坊接回爛醉如泥的我。

我一邊哭着說自己沒用，一點新構思也想不到，一邊吐了她和我自己一身嘔吐物。

「操，幹你！」

我只記得汪黛莉一邊向我罵髒話，一邊將我押進就近一間小酒店。

她將我丟進酒店套房的浴缸，開了花灑頭就拚命朝我射水，但我跟她仍是臭氣熏天。末了她將我倆身上的髒衣服都一併脫下來，丟在一旁，然後跟我一塊兒擠進浴缸，徹徹底底的一起洗了個花灑浴。

十六歲的我，第一次跟一個成年女人貼得那麼近，而且當時我們還都是裸體的。

「你這色小鬼——」

儘管我拚命遮掩，汪黛莉還是發現我勃起了。但她沒有罵我，也沒有迴避過去，反而伸手過來撫弄我。

「汪小姐……」我滿臉通紅的，不知怎辦。

「你也可以摸摸看……」汪黛莉引導我的手，來到她乳房上。

那種感覺很古怪。當然了，我從來沒有摸過女人的裸體。

「怎麼樣？」汪黛莉湊近，我離她的嘴唇只有一公分。「不喜歡我？」

她蜻蜓點水地吻了我一下，引誘我，迫使我主動收緊那個距離，追上前去吻她。

汪黛莉的嘴唇很柔軟很濕潤。她教我如何吸吮唇瓣、用舌頭互相追逐，這種遊戲我從沒玩過，還滿有趣的。

「汪小姐——」當我們分開時，我意亂情迷地看着她，胸口起伏着，氣息尚未穩下來。

「叫我阿黛——」她領着我到那張雙人大床去。

汪黛莉那時候廿六歲，剛好大我十年。

穿上衣服的她，那種女強人作風，總是給我一種她很成熟的錯覺；但赤裸的她，其實只是一個年青女子，肌膚還很緊緻，身材還很棒——這種刺激沒有一個男人受得了。

那天晚上，我第一次跟一個女人發生了關係。

※ ※ ※

第二天早上醒來時，才是最尷尬的。

我發現自己仍是赤身露體，身旁的汪黛莉也是，但她坐了起來抽菸，一邊在手提電腦上敲打着鍵盤，似乎正在工作。

「早……」我不敢起床，尤其當我不知道自己的衣服在哪兒的時候。

「啊，你終於醒了。」汪黛莉把手提電腦放到一旁，托着頭饒有趣味地看着我。

「我們……」我看了看她，又看了看自己，不知怎麼定義昨天晚上發生的意外。

「逢場作戲吧了，傻孩子！」汪黛莉笑着，又伸手過來摸我。「你以為我只得你一個性伴侶嗎？」

我雙頰熱得發燙，別過臉不敢望她。

「難道是處男嗎!?」汪黛莉大呼小叫的，令人特別尷尬。「不會吧？還未有女朋友嗎？你學校裡的女同學呢？」

「我念男校。」

「嘎！你今年到底多大了？」

「十六。」

「十六！我還以為最少有十八歲？」她也有點驚慌失措。「怎麼辦，我犯法了沒有？」

「那倒沒有，香港最低合法性交年齡是十六歲。」

汪黛莉隨即舒了口氣。

「我想問……我們的衣服呢？」

「啊，送了去洗衣房，要等服務員送回來。」

「那麼……」

那麼我們即是動彈不得了？一離開被窩，我跟她就赤裸裸的……

汪黛莉看了看腕錶。「我想還要再等一個小時。」

要是沒有這麼早醒過來就好了。

「怎麼樣，你很精神啊。」她到底往哪兒摸……「要不要再戰一個回合？反正退房前還有時間，別浪費。」

我驚訝地看着她，她只是笑盈盈地看着我，然後向我爬過來。

「年輕真好呀……」說罷汪黛莉的頭頂已消失在被窩下。

除了發出令人尷尬的呻吟，我已經什麼也做不了……

※ ※ ※

我知道我在找藉口，但古賢亮事件的打擊，令我對什麼事情都提不起勁。在學校也好、對着自己的創作也好，甚至連拿起筆桿，我也會有種想吐的感覺。

原本有很多東西想要表達那種創作衝動，一去不返，我連話也不想說，像患了失語症。

汪黛莉不時來電，問我要不要一起構思新書，說離開熟悉的環境會比較有靈感云云。我知道那也是藉口，末了我們總是變了去開房。

我感覺我跟汪黛莉在生活上都有許多壓力需要釋放，性愛給了我們一個很好的宣洩渠道，讓我們盡情投入在本能當中，不用思考。

我荒廢了學業，也離棄了創作。

結果那一年我會考成績遜得一塌糊塗。

家裡只是公屋戶，花了九牛二虎之力才把我搞入名校，我選了文科已讓父母非常不爽。對於家人來說，讓我念書只是想我成為專業人士好賺錢。結果我會考只有十一分，家裡差點便跟我斷絕了關係。

「做愛的時候專心一點，不要胡思亂想……」

我倆汗津津地靠着床頭，仍在喘着氣的當兒，汪黛莉就抱怨起來。

「對不起……」

當房租費用、甚至連安全套也是汪黛莉出錢的時候，我自知沒有什麼發言權。

「不是罵你啊……」她笑着，弄亂了我的頭髮。

汪黛莉仍然當我是孩子。

她掏出一包香菸，叼了一支，再遞給我。「要不要試一口？」

我猶豫着，還是拿了一根，等她幫我點菸。

汪黛莉老練地抽着菸，徐徐呼出煙圈。我學着她的模樣，但第一口就被煙嗆得咳了起來。

她哈哈大笑。「你真可愛！」

「我很煩啊，別把我當小孩子。」我白了她一眼。「我已經十七歲，正面對着失學失業的危機。」

「你的小說寫成怎麼樣？」

「別提了。」

「失去了古賢亮，就什麼都寫不出來了嗎？」

媽的，她總是哪壺不開提哪壺。

「其實你是不是gay？」汪黛莉托着腮，饒有趣味地盯着我看。

「什麼意思!?」我氣炸了。

「失去了古賢亮，就好像失戀一樣啊，整天愁眉苦臉的，行屍走肉一樣……」她還要繼續火上加油。

「別亂說！」我咆哮一聲，趁她毫無防備，一個翻身強勢地將她壓在身下，一下子拉起她的腿，就重新進入了她。

汪黛莉驚呼一聲，睜大眼看着我，楞住了。

我以為汪黛莉被我嚇倒了，這是我第一次在這段關係中占上風，讓我喜不自勝。於是我無視她的掙扎，緊緊的抓住她的手，要給她見識一下我的男子氣概。汪黛莉全程被我壓制着，動彈不得，也不敢有一絲抗議，只是無奈地喘息着，哀怨地看着我。我兀自動作着，直到完事。

我瞪着汪黛莉，問她：「你現在說我是不是gay？」

「安全套……」她弱弱地說。

我呻吟一聲，罵了髒話。

※　※　※

在我十八歲那年，我的女兒出生了。

由於我還未到法定結婚年齡，父母亦不同意我在此時娶妻生子，我只能象徵性買了一枚小戒指給阿黛，沒有跟她正式註冊結婚。

禍是我闖出來的，除了答應跟阿黛一起養育孩子之外，我根本無法彌補些什麼，加上新家庭的經濟支柱是阿黛，因此我們達成共識，女兒跟她姓汪，名芷茵。

同年我重考了會考，放榜成績還是差強人意，不合資格在香港升讀預科。老家已經不認我這個沒用的兒子，跟我斷絕了來往。

阿黛說香港的出版業正在走下坡，生活成本又高，建議不如回到臺灣發展——直到這時，我才知道阿黛原來在臺北出生。

以我的公開試成績，以及我們家擁有的預算來看，到臺灣升學也不失為一個可行方案，於是那年我們一家三口就移居到臺灣。

以阿黛的資歷，很快便融入了臺灣的出版業，回復女強人本色。

我既要上學又要照顧女兒，只能找兼職差事。一無是處的我，找工作遇上很大困難。換過幾份工作都被人辭退，幾經轉折，最後才在一間琴行覓得教職，教授幼童初級鋼琴——真諷刺，最後還得靠古賢亮教我的東西來討生活。

阿黛仍然覺得我有寫作才華，為了不負她所望，我也有嘗試過創作新小說。但每次將初稿拿給阿黛看，她總是看着看着便皺起眉頭，然後職業病發作似地挑剔這裡、批評那裡，末了總抨擊得我體無完膚，讓我的自尊心嚴重受損。她說我的能力不止如此，叫我一定要拋開心中的陰影放膽去寫，才能寫出我的本色。

她可能是對的，古賢亮的陰影始終如影隨形，或許我今生再也無法寫東西了。

自從女兒出生，阿黛對我冷淡了許多，奔波勞碌的生活也將我壓垮，我們幾乎沒有性生活，有的只是柴米油鹽、奶粉尿布和互相怨懟。

我開始逃避回家，想要逃離一切，為此寧願在琴行裡瘋狂加班，幾多小孩想要報名學琴我都通通來者不拒。

也許真有教學相長這回事？也許我的天賦原來在音樂方面？也許練琴原是個

※　※　※

很好的發洩方法，讓我不用思考只需盡情敲打琴鍵……總之我的琴藝越來越好，聞風而至來向我拜師的學生也越來越多，到後來我乾脆放棄了文學系，轉到音樂系就讀。

有種跟古賢亮交換了身分的想法——他曾經告訴我，其實他爸爸想他到歐洲念音樂，多於想他繼承衣缽。我也曾想，既然古賢亮偷走了我的寫作能力，我也可以偷走他的演奏才華，或許當鋼琴演奏家才是我今生的命運？

都是自欺欺人。

從我大學畢業的成績可見，我的音樂才華也只是馬馬虎虎——剛好夠我考獲演奏級，卻沒有能力考得獎學金到外國深造。

這樣的履歷，去找教琴兼職綽綽有餘，要成為音樂家卻是貽笑大方。我轉職成全職鋼琴老師時，還被中產家長嫌棄我沒有外國大學證書，也沒有亮麗的比賽獎狀。

隨着臺灣的才藝班越發多元化，人口也日漸少子化，加上風化案新聞讓好些家長寧願讓女兒跟隨女老師上課，我的學生人數日漸下降，收入變得越來越不穩定。

阿黛跟我早就貌合神離，關係好像合租公寓的房客。

在女兒七歲時，我和阿黛終於分了居，芷茵跟媽媽住，但會每隔兩星期到我這兒來度週末。我跟阿黛的接觸只餘下按時繳付的贍養費。

※　※　※

讓我跟阿黛恢復來往的正是贍養費——欠繳的贍養費。

「錢文魁，你已經忘記你的說話了嗎？」阿黛來電，七年來首次跟我說話，談的是錢。

「我沒忘。」

我記得，當我得知阿黛懷了我的孩子時，我說過會負責任，會照顧她們兩母女。

「我會想辦法，給我一點時間。」

就這樣，塵封已久那段不堪回首的往事，重新浮上水面。

多年來我都不願回想我跟古氏父子的瓜葛，但心底裡總覺得我的人生就是給他們毀了。

有錢人就是任性，所以可以不理別人死活。不論犯了多大的過錯，他們仍然可以重頭來過，有問題也會有人替他們善後，不留一點遺憾。

而我這樣的窮人，就是一失足成千古恨。錯了一次，就無法翻身，也沒有人會憐惜你，親如家人也會棄你如敝屣。

為何世界會如此不公平？明明當年我跟古賢亮的寫作成績可謂平分秋色，末了古賢亮成了人所共知的天才少年作家，我卻成了寂寂無聞的狗屎垃圾——就因為古賢亮家裡有錢，有位名人爸爸，家裡擁有廣闊的人脈；我卻只是名「公屋仔」，沒有人幫，受了天大的委屈也只能啞子吃黃蓮……

每當想到這裡我就氣憤不已。從前傻傻的覺得古賢亮才華學養都比自己優勝，現在明白那也是可用金錢和人脈來營造的——假如我也出生在一個有文化且富有的家庭，誰敢說我不會比古賢亮更厲害更有名氣？

但現實沒有「假如」，我現在就是個失婚的單親爸爸、一個收生不足的潦倒綱琴老師、一個手頭拮据得連妻女贍養費也給不出來的廢物。

思前想後，心理交戰了一整晚，我把心一橫——不如將這個包含恥辱的故事給賣了？反正我已沒有其他值錢的東西。

※ ※ ※

我循XX新聞網的爆料專線致電記者：

「喂，XX新聞嗎？我有新聞想賣！」

「有影片或照片嗎？」

「有影片的，那條影片現在在YouTube也能找到……」

「那可不是獨家。」

「也有獨家照片，是私家偵探社偷拍的，但現時不在我手上……」

「先生，你打來開玩笑的嗎？」

「不，是真的。我要揭發的是『古賢亮失蹤事件』的真相！」

「古賢亮？誰？」

「古勳的兒子啊……」

「古勳是誰？」

「號稱『港版史蒂芬・金』、『小說界的希區考克』的暢銷書作家古勳你不認識？《我在看着你》、《怪人》、《盲點》等等都是他寫的。」

「啊，我有看《怪人》那齣電影，那又怎樣？」

「十七年前，古勳的獨生子古賢亮突然失蹤了，那件案件當年在香港轟動一時，你沒聽說過嗎？」

「十七年前——那是『舊』聞，不是『新』聞了。」

「但至今仍是懸案，應該很多人想知道真相吧？」

「香港那邊發生的事，臺灣這邊的讀者興趣不大。」

「但古勳在這邊也很有名的，而且『古賢亮案』那麼詭異，臺灣的讀者應該會有興趣的。」

「怎麼詭異法？」

「古賢亮在酒店電梯內向閉路電視揮手，然後走出天臺，就離奇失蹤了。」

「咦，我好像在YouTube看過那條片。還可以，有一點報導價值。要是你搞得到獨家照片，一經刊登，就能拿走二千臺幣爆料獎金。」

「這是大新聞啊！」

「假如你有獨家影片就有四千。如能成為點擊次數最高的爆料新聞，還有額外五萬元獎金！」

「這個價錢，我不能賣給你。」

「你再想想看，古勳什麼的再出名也只是個作家，現在的人都愛看片，都沒人看書了。十七年前的案件，早就過了氣！現在網上分析奇案的頻道多到你看不完，單計電梯閉路電視拍到詭異片段、當事人最終失蹤或死亡的個案，中、港、臺、外國都有類似案件，再炒作不起話題了……」

我知道再談下去也是枉然，便掛斷電話。

※　※　※

「錢文魁，你意圖違反保密協議嗎？」

當天晚上阿黛就打電話來，大興問罪之師。

「什麼？」我只好裝傻——阿黛為什麼會知道的？

「XX新聞的老總今天打電話來出版社，問我們有沒有古賢亮的消息，說有個自稱握有『古賢亮失蹤案』真相的人打給專線爆料，想把新聞賣給他們。」

「是嗎？」

「別裝了，除了你還有誰？那件事只有古賢亮、古勳、我和你四個人知道！」

「妳數漏了偵探社。」

「偵探行業有偵探行業的行規，怎麼會出賣客戶的隱私？不想再在偵探業界立足嗎？」阿黛顯得很生氣。「你想敲一筆，也別連累我啊！要是讓人知道我們的關係，我也水洗不清了。」

「這宗新聞出來不是更好嗎？事隔十七年，又可以幫你們炒熱話題，替他們兩個做宣傳。」

「問題是你簽了保密協議，這麼搞會讓我和你都官司纏身。」

「都過了那麼多年了，而且現在我身處臺灣，那協議還有效用的嗎？」

「當然，保密協議是具有法律約束力的合約！」她說。「古氏父子的著作，都是我替我現任老闆爭取來臺灣代理的，要是遭到香港那邊追討賠償，我就要背了這隻黑鍋！」

我不敢作聲，因為我完全沒想清楚可能會有這些法律後果。

「幸好XX新聞那個記者夠無知，連古勳是誰也不知道，才會讓你掛斷。我連忙跟老闆編故事，說一定是惡作劇電話，因為連古賢亮父親古勳也一直沒有兒子的消息。」

「哦，那就行了吧。」被前妻臭罵一頓後，我覺得丟臉極了，只想盡快掛斷電話。

「你就沒有別的賺錢方法了嗎？」

「我——」我無言以對。

「為了錢，就算犯法你也不怕嗎？」

老實說，我更怕沒錢給阿黛和女兒作生活費，更怕被我唯一有過的女人瞧不起。

「……不怕。」我回答。

一陣沉默。

「好啊，有個更好的賺錢機會。」

於是為了籌劃這個賺錢機會，我跟阿黛再次聚首一起。

※　※　※

「你看看這則尋人啟示。」

啟示刊登在香港各大報章非常當眼的版面——由於這裡是臺灣，買不到香港報紙，假如不是阿黛給我看，我是沒有機會看到的。

「古勳為什麼不在網上用社交媒體尋人？快很多吧。」

「古勳始終是上一代人，作風比較老派。」阿黛微笑。「更重要的是，在社交媒體上尋人是免費的，那就沒有撈油水的機會了。」

「是妳出的主意？」我皺起眉頭看着她。

「整個尋人計劃都是。」阿黛在那堆報紙上揮着手，志得意滿地看着我。「古勳老了、病了，腦筋遲鈍，已經寫不出新書來。趁他還未算病到神智不清，現在是最好的撈錢機會。」

「妳打算怎麼做？」

「天大地大，到哪兒去找古賢亮呢？在地球另一端，古賢亮也不會知道他老爸在找他。一個老人，在晚年無非想覓得一點安慰，我就給他安慰，換他的錢很公道。」她說。「本來我打算找個專業騙徒來幹這件事，可現在發現你是個更適合的人選——你不但有我作為你的內應，你還認識古賢亮，可以模仿他！」

「模仿古賢亮!?妳是要我去冒認做古勳的兒子？」我對這想法瞠目結舌。「我們樣子完全不像……」

「瞧瞧那些走了樣的明星，還有整過容那些——過了十七年，人的面貌可以改變很大。而且古勳患有眼疾，他根本看不清楚十公分以外的事物。」

「我也沒有一七八公分的身高。」

「近年坊間熱賣一款『隱形增高鞋墊』，可以幫你神不知鬼不覺『長高』三至十公分，不少韓星也有穿。」

「但要冒認作父子，要是古勳要我去驗ＤＮＡ怎麼辦，我們就完蛋了吧？」

「古勳現在行動不便，他最信任的人就是我。」阿黛拍拍胸口。「所以誰會去替他搞這個ＤＮＡ親子鑑定報告？是我。誰可以輕而易舉做手腳呢？也是我。」

「就算他認我作兒子好了，承繼遺產那是要立遺囑的，有正式的法律程序，一查我的身分證明文件，到時也還是會穿幫吧？」

「你知道嗎，古勳從前是從大陸偷渡去香港的。他的青少年時期正值文革，他知道這個世界可以完全不講理，所以他不相信任何組織、任何機構，只相信自己。他的錢都不存在銀行，都放在家中保險箱——當然，另一個原因是，這樣也比較方便逃稅。」阿黛伸手指着我，說：「你可以告訴他說，你法律上的身分已經變成『錢文魁』，已經沒有了『古賢亮』這個人，所以沒法在法律上以兒子的身分繼承他的遺產。然後只要騙他把保險箱密碼告訴你就可以了。」

對於阿黛打算做的事情，我簡直說不出話來，卻又找不到話來反駁。

「當然，做或不做，選擇權在你。你若棄權，我再找別人好了。」她聳聳肩，一臉不在乎。

又是這樣，好像我在她眼中就是個無關痛癢的人，我始終仍是那個讓她瞧不起的「孩子」——我痛恨這樣。

「好，讓我來。」我以堅定的語氣回答。

※　※　※

在潮騷山莊的廢墟會所向阿黛報告完第一天的情況後，我掛斷了電話。

外面潮聲依然此起彼落，怒濤像我的心情一樣洶湧。

現在是深夜時分，我一個人坐在這個廢墟裡，卻沒有感到驚慌。

十七年前，我跟古賢亮曾一同來過這裡。重回這個地方，景物還跟當年一模一樣，我跟從前的摯友卻已成陌路人，彼此分道揚鑣——我心裡只有難過和不解，還有許多的不捨和遺憾……

我以「古賢亮」的身分再度回來，有種感覺「古賢亮」好像跟我在一起，好像我體內多了一個靈魂似的。這情況本該很詭異，但事實上卻讓我感到一種因為熟悉而安心的感覺——就好像老朋友回來了，他陪伴着我。

古賢亮曾經是我最好的朋友。

也一度成為我最痛恨的人。

那感覺是很矛盾的。

但今天命運迫我來到這個角落，我也沒有選擇了，只好相信——自己淪落到今天這個地步，竟然當上詐騙犯，古勳和古賢亮肯定難辭其咎。

當初古賢亮為了金錢背叛我，如今我為了金錢冒認他，大家只是扯平吧了。

而古勳也是個唯利是圖的偽君子，讓他以金錢換取自己臨終前的點點親情，算是便宜了他。

這樣想，我便不會覺得自己現在幹的事情有任何理虧了，我只是拿回自己應得的所有——我常常有個假設，如果沒有遇上古氏父子，我今天不會是現在這個樣子，也許我已經是個年少有為的新進作家，又或者成為比古勳更青出於藍的暢銷書作家了。

就這樣，我說服了自己。

此刻我人生唯一的亮點，只有我的女兒芷茵——她還只是個初中生，正是我當年非常崇拜古勳的年紀，傻氣又天真，因此我更要好好保護她。

查看芷茵的ＩＧ，最新的帖文是——

「今天學校有衛生所護士來做健康檢查，要抽血啊～」

照片中芷茵用棉花球按着手臂，對着鏡頭笑靨如花。

為了這個笑容，我一定要把錢弄到手，成為一個有能力養育女兒的盡責爸爸。

好了，該回到古動的大宅去，離開太久會讓人起疑。

我用手機的手電筒照着路面，沿原路回到出口。

在大堂門口附近的沙發，我稍稍停下腳步——沙發上有個模模糊糊的空白痕跡，看上去像有生物在此長期逗留，留得太久了，以致其逗留的地方留白了，然後化成灰，留下了烙印。

牆壁上用噴漆噴有「ＲＩＰ」的字樣。

我在那留白的痕跡前，默站了一會，劃了個十字架手勢——祈求在這裡存在過的靈魂，得到安息。

第三章　幽靈

人到了絕境，什麼荒謬的事都做得出來。

譬如跟自己逃避了十七年的那個人合而為一：我是他，他是我。

當我早上醒來站在浴室鏡前，看着自己的臉——我現在的身分是古賢亮，三十三歲的古賢亮，那感覺真的很怪。

三十三歲的古賢亮如今身在何方，正在做什麼？當年那個身材高大皮膚黝黑的男生——你那個男朋友——還在你身邊嗎？

十六歲的古賢亮突然從我身後出現，笑瞇瞇看着鏡中的我。

我怔住，馬上回頭，身後什麼也沒有。我看回鏡裡，只得我獨自一人。

但剛才那一幕曾經發生過，當時我站在現在這個位置，他就站在我身後，笑瞇瞇的看着我……

我拚命把水往臉上潑，想將那段記憶洗去……

但當我回到現場，我知道往事一定會回來找我。

夢中的感覺還是那麼清晰，就好像現實一樣。我回到十六歲，你也是。我們並肩坐在鋼琴前，親暱地合奏着四手聯彈的曲目——現實中我們曾作此嘗試，但當時我彈得太差，配合不上你，讓你笑了好久……，夢境中，我們合作得天衣無縫，心靈相通就好像合而為一那樣……

我太高興了，以致醒來時，發現臉上濕濕的，我竟然在流淚。

我在你的床上醒過來。

這並非第一次。

事隔十七年，我再次在這個地方醒過來。

※　※　※

「早安。」看見古勳已經在吃早餐，我有點訝異。「還以為作家都是睡到日上三竿才起床的？」

「那是在我年青時。人老了就不用睡那麼多了。」

愛倫坡和麥高芬也已經各自在自己的飯兜裡用餐，吃得津津有味。

我的那份也已被擺到桌上，用罩子蓋着。

於是我坐下來，也開始吃起來。

「今天美姐也會來嗎？」

「不，她一週只來一次。」

「一週來一次？你不用別人特別照顧嗎？你是個病人啊。」

「我還可以照顧你呢。」古勳揚揚手，示意我的早餐和貓狗的食物都是他一手包辦的。

我環顧廚房，恍然大悟。

「廚房好像有點不一樣了，難道這是特別設計的？」

古勳點點頭。

「改建成無障礙廚房——將下面的儲物櫃都掏空了，就可以讓我的輪椅駛近工作，工具都放在觸手可及的地方，還有這個——」古勳拿起一支蟹鉗似的手杖。「『helping hand』，可以幫我拿到放在高處的輕便東西。」

古勳示範似地，將輪椅駕駛到廚櫃前，拉開櫃門，從排得密密麻麻非常整齊的廚房紙中，用那工具拿起一卷給我看。

我看着那面整齊得可怕的「廚房紙牆」，不知為何怔住了，一種塵封的恐懼感從心底昇起。

「厲害吧？」古勳洋洋得意地笑着，將那卷廚房紙放回去，弄得整整齊齊的，再關上門。

我好像窺見了什麼可怕的東西，但一時又說不上來，只得敷衍地回應：「挺厲害的！不過你始終是病人……」

「我還未死，還有很多東西自己做得來。」古勳說。「況且美姐已將一個星期份量的食材都準備好了，我也只是每餐將食物翻熱吧了。」

「原來是這樣。」我也不知道自己在耿耿於懷些什麼，只是心不在焉的點點頭。

「你昨晚似乎睡得不好？」

「是呀……」

「但那是你自己的睡房，我都沒動過你的東西——十七年來，裡面的一切，都跟你離開時一模一樣。」

我心裡一沉，昨晚的夢境，又一次歷歷在目。

「對了，你的男友還是那位嗎？好像叫Gary？」古勳慢悠悠的往麵包上塗牛油。

他可不知道，這句問話，像往我心臟插了一刀。

「嗯嗯……」我咀嚼着食物，故意含糊地回答。

「挺長情的嘛，這些年來相處得還好嗎？」

「還好……」我要趕快把早餐吃完。

「那時候你只得十六歲，始終是太小了。我……」

「我吃完了。」我匆匆將食具端到水槽放下，便離開了。

背後聽到古勳在喃喃自語：「還在生我的氣嗎……」

※ ※ ※

我無處可逃，只得回到古賢亮的房間，將房門鎖上。

我不想跟別人討論古賢亮跟他情人的問題。

雖然我也不想留在這個房間，但仍在隔離期間，我沒有辦法公然跑到別處去。

藍天下的海浪鑲嵌在窗框內好像一幅畫。但盯着看久了，也似是一個在向人招手的地獄入口，像在呼喚你「快點來吧」、「快點到我懷裡來」……

我移開視線——這個房間的窗口，直望是大海，斜斜的往側看，也可以看見鄰座的情況——我看見有一家露臺，一個金髮洋妞正在看書晒太陽。然而她樓下的單位看上去已經搬走，緊閉的窗戶內，只餘下一張爛木桌，相伴着殘破剝落的舊牆紙。往下望，屋苑的行人小徑近乎空無一人，只偶爾有一兩位居民路過，看樣子不是退休人士便是外國人。

這樣悠閒避世的居所，居民想來也以外國人為主吧，貪方便愛熱鬧的香港人根本無法容忍這種生活方式。

這時候我的手機屏幕突然跳出AirDrop訊息通知——有陌生人傳給我一張灰底白字寫有「Mr Grey？」的圖片。我按下「接受」，然而即使整張圖片展開，訊息就只有那麼多。

那名陌生人的手機名叫「nobody」。

這裡四下無人，能傳訊息給我的就只有附近範圍的人——不是同住一屋的古動，就只能是住在隔壁的鄰居了。這裡的隔壁還有人居住嗎？由我房間的窗口根本看不到。

我馬上上網搜尋「Mr Grey」，結果發現全是《Fifty Shades of Grey》的資料，原來那本小說的主角就叫「Mr Grey」。是惡作劇嗎？還是有人想對我作出性挑逗？

我不禁又看向那個金髮洋妞，剛巧她也抬頭看了我一眼。

金髮洋妞那個距離是否能傳訊息給我？她到底在看什麼書？就是那本惡名昭彰的情色小說《Fifty Shades of Grey》？

我回訊息給那位陌生人——「Who are you？」

該不會是我女兒芷茵跟我開的玩笑吧？這種程度的惡作劇似是芷茵的作風。但AirDrop訊息只能在近距離傳輸，她此刻理應身在臺灣才對。

「nobody」再傳來訊息——我「接受」，然後看見一幅茶色底白色字的圖片，寫着「Drawer」。

我問的是陌生人的身分，然後收到回覆「Drawer」——

查網上字典，「Drawer」最直接的意思是「抽屜」。但這跟問題不搭配。其次，「Drawer」還可以指「畫家」、「製圖者」。假如陌生人的意思是指自己就是圖片的製作人，那答了等於沒答。抑或，製圖者的職業真的跟繪圖或設計有關？

第三個解釋，是「支票發票人」。最近簽過支票給我的人只有古動，是他嗎？

最後還有一個解釋，是「內褲」。又回到性挑逗去。只是一個隨機找尋性對象的陌生人？

我向着窗外四處張望，連那個金髮洋妞都回到室內去了，極目所見，一個人影都沒有。我頹然坐下，不想這個突如其來的猜謎遊戲如此快便告一段落。難得有東西可以分散我的注意力。

我坐在古賢亮的書桌前——那張我們曾經並肩同坐，一同創作小說的長書桌。

第一次進入這個房間的情境，為何我還記得這樣清楚？那時候我早為這個外國風情的小島和這間豪宅似的度假屋驚嘆不已，但當你拉我進入你的房間，那感覺是完全不同的。這裡充滿着你的氣味，房間的布置就是你的感覺，處處展現着你的品味和風格——

一種乾淨清新、親切溫暖的感覺。

很私密。

※　※　※

「你今晚就睡這兒。」你說。

「我不是睡客房嗎？」我傻了眼，這兒明明只有一張床——雖然床很大。

「你不怕鬼嗎？」古賢亮壓低了聲音、神祕兮兮地說。

我覺得他只是裝模作樣嚇唬我。

「這兒有許多靈異傳說啊。那間客房爸爸常常用來招呼些古靈精怪的朋友，你不害怕就去睡吧。」

當我想起剛剛參觀過他爸爸的書房，還真被裡面的骨頭先生和動物標本嚇倒，還有那些像被下了詛咒的雕塑和木偶，看得令人心寒。

「那我睡這兒吧，反正床那麼大。」我故作鎮靜。

「這是雙人床呀。」

「我知道其實是你害怕吧，那本少爺就陪陪你。」

「嘿，那真是謝謝你了。」古賢亮從衣櫃拿了一套睡衣出來，遞給我。「你的睡衣。」

「什麼？」

「你有帶睡衣來嗎？」

「那倒沒有。我想穿着T恤短褲也就可以喇……」

「那樣不舒服的，給你你就穿吧。」

「哦。」

結果我洗完澡後穿在身上，褲腳要摺起來，上衣也是寬寬的，此外也算是合身——而且，感覺好舒服啊，有錢人就是不一樣，睡衣的質料也這麼講究。

那時候我們已經很熟稔，所以穿他的衣服、睡他的床也不會覺得很彆扭。我們還常常開玩笑式的互相諷刺，甚至熟不拘禮地互揭隱私。所以當古賢亮去了洗澡，我就趁這空檔偷偷地翻看他房間裡的東西，打算找到什麼見不得人的祕密，一定要好好取笑他一番。

結果發現有一個抽屜鎖住了，怎樣也拉不開。

正當我在想要怎麼打開它時……

「喂，你幹什麼!?」

我嚇了一跳，不知古賢亮什麼時候無聲無息的站到了我身後——我轉身看着他，發現他只是穿着毛巾浴袍，頭髮還在滴着水。

「沒有。」我雙手藏在身後，手上拿着想用來強行開鎖的迴紋針。

「你想偷看我的日記？」古賢亮上前來扳我的手，想看我手上拿着什麼。

「你竟然會寫日記？」我格開他，起身　開，誓死不讓他捉住。

「最好練習文筆的方法。」古賢亮跟上來，硬要跟我糾纏不清。

「那我更想看了……」我被他扣住了手腕，兀自在掙扎。

「別妄想……」因為身高優勢，古賢亮緊扣住我舉高的兩隻手腕，一扭，我手上的迴紋針就掉到地上。

「痛呀……」我想要掙脫他，他卻似乎不想放開我，扭打間我們就失去平衡，雙雙倒在床上。

我雙手被古賢亮鎖在頭頂，他就在我上方俯視着我——這種尷尬的姿勢，這種曖昧的對望，令我心慌意亂。

「痛啊……」我別過臉，不敢看他面上的表情。

只感覺古賢亮沉默了一會，然後放開了我，轉身下了床，背着我整理着身上被扯歪了的浴袍。

「不准再這麼幹。」他的聲音出奇地低沉。

然後古賢亮彎下身，拾起了那根迴紋針，便離開了我的視線，全程沒有回過頭來看我一眼。

我早在他放開我的時候，就馬上轉身趴倒在床上。我的心撲通撲通跳得異乎尋常的大聲，但已顧不上他聽不聽得見，我只祈禱他沒有發現我剛才在他的注視下，起了生理反應……

※※※

三十三歲的我回想到十六歲時的這一幕，雙頰仍是熱得滾燙。那張大床就在我身後，就是我昨晚睡的地方，但這刻我仍是不敢回頭去看一眼。

那天晚上，我們第一次睡在一起——在經歷了那驚心動魄得令人心悸的一幕後，我帶着忐忑不安的心情躺在床上，看着你換了睡衣回來，關上了燈，安靜的在我身邊睡下，蓋上被子。被窩下我們什麼也沒幹，我甚至緊張得不敢動彈，還逼迫自己必須放緩呼吸和減慢心跳以免當場暴斃，只靜靜地躺着，感受來自身旁的你發放出來的熱度。

幸好四周黑漆漆的。房子建在這種地方，窗外連街燈也沒有，比起在市區更加黑——這麼黑，就不會有人看見我臉紅到脖子根了。

一直都沒有人說話，但我當然睡不着覺，還以為會這樣子撐到天亮⋯⋯

「好奇怪啊——」古賢亮突然說。

「嗯？」我強作鎮靜。

「跟你一起睡覺。」

「別說得這麼曖昧。」真的讓人好害羞啊。

「很曖昧嗎？」我聽得出他話中帶着笑意。「你這個色小子，又想歪了？」

「我哪有想歪？」我自己也聽得見自己有多心虛了，還激動得差點破音。

「我是男的啊，你這色小子做了綺夢可別伸手過來——」

「誰……誰是色小子了？」我惱羞成怒。「我我我我只是……有點害怕……」

「害怕？」

「這裡很黑呀，又是陌生地方……」我拚命轉動腦袋，純粹想圓謊，以免讓古賢亮發現我心懷不軌。「都是你！說什麼有鬼啊、靈異傳說啊，又讓我看你爸爸那間超恐怖的書房——」我說着說着也真的有點害怕了。

「真有那麼恐怖嗎？」

「嗯，害怕得睡不着。」

「有我在喔——」他把手臂貼上來，若即若離的蹭我的手——我甚至能感覺到他的汗毛在摩擦着我的皮膚，傳來了一陣觸電般的酥麻感。

這種悸動對於一個正值青春期的處男來說真的太超過了，但我又捨不得躲開，只想繼續讓那股酥麻感蔓延全身……只能祈禱，讓我這晚不要死於心律不正吧。

過了良久，我感覺古賢亮還是醒着的，但他沒有再說話。我也找不到話說。

漆黑中是那麼的寂靜，連我吞口水的聲音也非常清晰，更別提我覺得自己的心跳聲簡直大得震耳欲聾——事實上這種心理掙扎是很累人的，因為幾乎要動用全身的力氣來自我控制，假裝我很正常、假裝我不在乎……

於是出乎意料地，我不知不覺很快便睡死過去。

隔天醒來時，古賢亮已經離開了被窩，讓我好生懊悔。白白浪費了跟他同床共枕的好機會，只能趁他不在時偷偷的去聞他留在被窩中的氣味。

已經過了十七年啦——

沒想過到了現在，我仍能體會這種情竇初開的心動感覺，這種陳年舊事，還以為早已被我埋葬在記憶深處。

當年我們選擇了身前的書桌，而不是背後的大床，作為我們那個暑假的活動中心。

我以為我們來日方長，以為跟古賢亮有的是時間，去慢慢發展這段對我來說很獨特的關係。

我以為自己當時是你的友達以上，戀人未滿……

但你既沒有選擇我做戀人，亦沒有把我當朋友。

我下意識的去拉當年那個上了鎖的抽屜——拉不動，如今仍然是上了鎖——

我的心跳又加速了，你的日記本該不會仍然留在裡面吧？你有沒有寫下對我的感覺？有沒有寫下你跟 Gary 相戀以至相約私奔的經過？

靈光一閃，莫非 nobody 指的「Drawer」真的是指「抽屜」？nobody 會不會是整件事的知情人？想要向我傳遞來自你的訊息？

我馬上找來一根迴紋針，在多番嘗試下，終於打開了抽屜的鎖——

裡面什麼都沒有……

理所當然的。

天，我真是個白痴，到底在期待什麼？即使古賢亮的日記仍留在抽屜內，警察調查過這宗失蹤案，他爸爸也聘請私家偵探上天下地搜索過，怎會容許證據一直躺在自己家一個上鎖的抽屜裡？

我苦笑着再將抽屜推回去。

古賢亮用力握着我手腕的觸感，好像仍殘留在皮膚上。

「不准再這麼幹。」他低沉的聲音，仍然在我耳邊迴響。

你當年的祕密就藏在這裡嗎？

我不忍就此放棄，又把抽屜拉出來，甚至將整格抽屜擺到桌上，細仔檢查。

沒有任何東西黏附在它四周。我連書桌內原本容納抽屜的那個空間也摸索了一遍，沒有東西留在裡面任何一個角落。

該放手了吧——我總是在幻想真相跟我所認知的不一樣，總期待着古賢亮仍會留下些什麼線索給我。

我最後一遍戀戀不捨地摸索着抽屜的內部，就像無意識的愛撫……卡的一聲，抽屜底部的木板竟然有些鬆動。

我嘗試將抽屜底部拉起來——底下的夾層赫然躺着三本日記本。竟然真的給我發現了古賢亮的日記！

我逐一翻看，發現最舊那本是古賢亮五至十歲時寫的，字體很大很稚嫩，記下的內容亦如流水帳般很搞笑。

中間一本，是他十一到十四歲時寫的，字跡越發秀麗，文筆也日漸成熟，單看內容會以為是高中生寫的記敘文。

來到最後一本，該是他十五、十六歲時寫的，一拿起來我的手已經顫抖不已，翻開第一頁，是我熟悉的字跡，記述的是還未轉校過來前的事情。我快速翻看着，希望快點看到古賢亮轉校來到我那所中學以後的情況，然後就楞住了……

那以後的頁數都被撕走了。

由古賢亮轉校來我的中學當插班生、認識我，到他跟 Gary 計劃離開香港等等的一系列內容，統統被人撕走了。

※　※　※

「你想找什麼？」古動突然駕着輪椅在我身後出現，嚇了我一跳。「雜物房內有什麼你想要的東西嗎？」

麥高芬跟在他身後，也向我汪汪的吠了一聲，讓我感覺被人逮過正着，人贓並獲似的——被發現偷偷的在雜物房翻箱倒篋，我真的百辭莫辯，只得臨時創作個理由出來。

「我在找望遠鏡。」

「望遠鏡？」

「這十四日留在家裡，無所事事太浪費了。」我說。「這個小島光害少，是觀星的理想地點，所以想找望遠鏡來作觀星之用。」

「原來如此。望遠鏡在這裡。」

循着古動手指指着的方向，我找到一個收納箱，打開蓋子一看，裡面正放着我想找的望遠鏡和三腳架。

「原來你喜歡觀星的嗎？」古勳問。

「我對天文學有點興趣。」

「那你好好發展你的興趣吧。」

古勳說罷便駕着輪椅離開了，麥高芬也跟在他身後。

我舒了口氣。

※　※　※

我把望遠鏡架在三角架上，擺好角度由房間的窗口看出去——當然不是觀星，我沒有這等閒情逸緻，我想觀的是「人」——我要找出誰是 nobody。

為免被鄰居誤會我是偷窺狂，我把窗簾都放下來，只露出少許隙縫，好讓鏡頭能捕捉到外面的情況。

當我發現日記本被撕毀之後，我馬上想傳訊息詢問 nobody 是否知情，但手機接收範圍內已失去了 nobody 的蹤影。

nobody 能發放訊息給我，身處位置一定在我附近，只要我用望遠鏡盯牢左鄰右里，說不定就能找到給我發訊息的人。

於是我一整個下午就透過望遠鏡窺看我的鄰居。

首先，是那位金髮洋妞——

她的單位現在一個人也沒有，是出外購物了嗎？看上去那是一戶很有生活品味的中產外國人家庭。露臺放着戶外躺椅和小几，也栽種了好些盆栽；客廳擺着溫暖舒適的碎花沙發，牆上掛着似乎是小孩子筆觸的繪畫，還有一家四口的生活照，除了金色卷髮的媽媽，還有棕髮束鬍子的爸爸和一對淺金色曲髮、約莫小學年紀的子女；睡房放下了窗簾，看不見裡面的情況。

此時金髮洋妞樓下的空置單位竟有人開門進入——

是上次帶客來看房子的經紀，看來這個空置單位是他要推銷給客人的單位之一，但今次卻不見有客人尾隨他前來。只見經紀逕自進入睡房，打開衣櫃門，拿出一套寢具為大床鋪上，然後便脫下西裝外套，進入浴室。

視線回到樓上，原來金髮洋妞是在家的——

剛才她可能在洗手間或睡房，所以我才看不到。現在她回到客廳，花枝招展的穿着一條艷麗的花朵圖案連身裙，似乎佳人有約，看看手錶便挽着手袋離去。

正當我疑惑着是不是該轉個角度，觀看其他人時，經紀匆忙奔出開門——

是看房子的客人來了嗎？進來的竟是樓上的金髮洋妞，難道他們想換房子？

還是像古動般想買通上下兩層，改建成複式住所？我統統猜錯了。只見經紀領着洋妞進入睡房後，二人竟擁吻起來。洋妞主動脫下連身花裙，底下是性感的桃紅色吊帶蕾絲內衣裙。兩人擁吻着來到床上，經紀脫下襯衣，害我還以為有「活春宮」可看……這時他卻起來，拉上了窗簾，劇終。

別被分心了，我要找的是nobody，不是偷情的寂寞主婦和房產經紀。

我把鏡頭移往小徑，看見有位大叔拿着釣魚竿步行往碼頭方向。

我再將鏡頭移往更遠的海灘，水中有一對父子在划艇，沙灘上有位外籍青年在遛狗，有兩個遊客模樣的女子在晒日光浴。

我將鏡頭再移動，看看還有什麼單位尚有人在居住和活動，但由我房間的窗口看出去，看得見的單位有限——其中一戶有個學生模樣的青年在做功課，有一戶可見一個銀髮族在看電視，其餘的都是丟空了或暫時沒人居住的模樣，就是這麼多了。

沒有人看上去像是nobody。

鏡頭轉回樓下小徑，棕髮的外國人正帶着一對金髮子女，挽着大袋小袋的回家，不正是洋妞的丈夫和孩子嗎？

鏡頭回到最近的窗口，那對偷情的人完事了嗎？

我看見衣衫不整的洋妞再次出現，慌慌忙忙地拿着手機，邊說邊離開了偷情地點。

樓下的外國人也是拿着手機，應該是致電妻子說他們回家途中了。

我看見金髮洋妞以九秒九的速度趕回家中，旋即束起頭髮、抹掉唇膏、穿上圍裙，裝作正在做菜的樣子。

剛好這時丈夫帶着小孩開門進來，妻子一臉賢淑在門口迎接家人，還跟丈夫恩愛地親了一口呢。

※　※　※

跟古勳吃過晚餐後，由於我早前編了個完美的大話，於是可以光明正大的問他拿鎖匙打開通往天臺的大門，說要觀星就可以了。

我拿着望遠鏡和腳架來到天臺，也不怕古勳會無故出現，因為通往天臺的方法只有爬樓梯，並沒有電梯設施，這也是為何天臺要長年上鎖的原因。

要窺看左鄰右里的生活，天臺的景觀應該棒很多，因為這裡環境開闊多了，而且四面都看得到。

我也不用擔心被誤當偷窺狂，黑夜成為了最好的保護衣——漆黑中別人應該不會留意到我。

目標卻更容易顯露出來——哪戶人家亮了燈？就表示那一戶是有人居住，有人活動的所在。

當我架好望遠鏡去對準別人的窗口時，突然覺得這場面好眼熟——我好像變成了殺手，電影中的殺手不是都像我這樣用鏡頭瞄準目標，然後進行射擊的嗎？分別只是我手上沒有槍吧了。

就在我這樣想着的時候，我剛想要偷窺的那一戶卻關了燈——是我心理作用嗎，也許只是剛好人家要睡覺？還是我被人發現了？

我用鏡頭巡視四周，發現有一家燈光昏暗的住宅，寓所內卻有着紅色的燈光，氣氛有點詭祕。然後我看見一個曲着背的老婦，我記得好像見過她——應該是財媽——她拿着三支香在拜祭，那麼紅光應該只是神檯的燈光吧。

潮騷山莊的住戶真的不多。這個時候，住在這裡的人都應該回家了，但亮着燈火的房子卻寥寥可數。極目所見，大多數家庭不是在吃飯就是在看電視，而住客則以退休長者和外國人為主——到底誰會是nobody？

「小心着涼啊，這裡晚上有點冷。」古動的聲音突然響起，嚇了我一跳。

我馬上轉過身，但環顧四周，天臺上除了我，並沒有別人。

「對講機在愛倫坡身上。」古勳的聲音說。

於是我低頭再仔細尋找，但要在黑夜中找尋一隻黑貓，根本是不可能的事。我唯有亮了手機的手電筒功能，再搜索一遍，好不容易才終於看見了愛倫坡，就在我身旁不遠處。牠的項圈上掛着一個小鏡頭和一個類似小型嬰兒監聽器的東西，我想古勳正是通過那東西向我說話，同時他也在監視着我在天臺的一舉一動？

我驚出一身冷汗。

「我有穿外套。」我向着對講機說。

「我睡了喇，你繼續看星星，可別看得太晚啊。」語氣一派慈父的模樣，然後對講機傳來一些雜音——他把監聽器關上了嗎？

我試圖作勢要腳踢愛倫坡，希望能夠嚇走牠。但牠完全不為所動，只是冷冷地轉過身，自顧自的在天臺上巡遊，好像皇帝巡視自己的領土一樣。

我無奈地看着牠，不知道是否該繼續「觀人」，因為不知道古勳是不是在「看」着。我唯有重新調整望遠鏡的角度，裝作觀星。

愛倫坡繞場一周後，還以為牠會想下去了，牠卻找了個地方停下來。

唉，我是不是該撤離呢？

正想着，愛倫坡卻氣定神閒的向角落撒了泡尿。其後，牠就揚長而去了。

我舒了口氣，終於回到我的正事來。

當我調整好望遠鏡，打算繼續尋找目標時，手機收到了新訊息——nobody 傳送過來一張新圖，是以一名女子做為背景的小說封面，作者名叫 HOLLY BROWN，書名斗大的字寫着《DON'T TRY TO FIND ME》。

DON'T TRY TO FIND ME——是警告我別要再尋找 nobody 嗎？

即是說 nobody 也看見了我，那人現在身處的位置能夠看見我——那個人真的就在附近！

我馬上用手機回覆訊息，但 nobody 已經關掉了訊號……

※　※　※

第二天我晚了起床，跟古勳吃了一頓接近相對無言的早午餐。

「你不會以為我在跟蹤你和監視你吧？」古勳竟然主動提起這個話題，令人好不尷尬。

愛倫坡正伏在古動懷中打瞌睡，項圈上的「配件」已被拆走，所以牠也不是全天候在進行「間諜」工作的。

「拍攝『貓視覺』的影片，是你的特殊喜好？」我只好打個哈哈，替他打圓場。

「真的呀，貓的視角只能拍攝到腳的高度，挺有趣的。」古動比劃着，以作說明。然後他拍拍身下的輪椅。「你也知道我現在不便外出吧。愛倫坡卻喜歡天天往外面跑，玩累了才回家，替我拍攝一下外面的情況，正好用來解悶。」他摸摸閉着眼的愛貓。「也可以了解一下愛倫坡，每天在外面都幹些什麼胡作非為的事情。」

「原來這樣。」他說得頭頭是道的，害我也動搖起來。

「聘請貓做間諜是行不通的。」古動笑着說。「CIA在六十年代也嘗試過，讓植入監聽儀器的貓到外國官員身邊去收集情報，但多次測試都以失敗告終。因為貓太自我了，根本不會聽從指令。最後計劃在一九六七年被叫停，CIA已經白白浪費了二千萬美元。」

「真的嗎？」

「不信你上維基百科看看，那計劃叫《Project Acoustic Kitty》。」

古動所言非虛。即是說，愛倫坡昨晚不是要到天臺監視我？古動「差遣」牠上來，真的純粹為了怕我着涼？

飯後古勳還邀我一起觀看愛倫坡拍攝回來的影片。

真的如他所說，貓的視角只能看見很低的地方，昨晚應該拍攝不到我用望遠鏡在看什麼。

這段一起看片的時光有點奇妙，好像我們真的是兩父子，好像我在代替古賢亮陪伴他人生即將走到盡頭的父親——即使古勳曾經多麼惹人討厭，他現在就只是個行將就木的老人，渴望着一點點的親情溫暖。

懷着姑且陪伴一下老人家的心態，我們全程倒也看得很愉快，有說有笑。

愛倫坡不止喜歡巡視天臺，牠簡直視整個小島為牠的國土，每天都要去巡視一下。影片所見，牠差不多整個小島逛了一圈。

首先在沙灘上漫步，晒太陽，讓遊客逗玩和調戲；然後獨自前往碼頭，接受保安員的魚乾接待；接着在某家人的後院跟對方的貓打了一架，跟着堂而皇之的從窗口跳進另一戶人的家裡，那家人已在廳中擺放了貓糧，看來愛倫坡是常客，已當成自己家般一邊吃糧一邊看電視；當愛倫坡回到小徑時，沿途都受到街坊的歡迎，有個小孩還蹲着摸牠摸了很久，但小孩的母親看起來卻很怕黑貓，一臉厭惡地想避開牠和拉走孩子——

哦，我認得她，是一起乘船來這兒的那個抱着孩子的少婦。她是真的很怕貓，還是只害怕古勳的貓？我還記得她顯露過對古勳的不屑眼神。

在少婦帶着小孩離去以後，愛倫坡終於踏上歸途——眼見牠朝着回家的路線前進，影片該很快完結了吧？就在此時，我怔住了……

古賢亮在牠面前走過。

真的嗎？

「呀，可以退回去再看一看這段嗎？」我問。

再看一遍——是一個很像古賢亮的背影，在鏡頭面前晃過。

我咬着唇，害怕自己一不小心，會忍不住跟古勳討論起來。

在古勳面前，我才是「古賢亮」。

況且已經過了十七年，古賢亮現在長什麼樣子、慣穿什麼衣服，我根本一既不知——留下的只是他十六歲時的印象。

很可能只是人有相似。

「看到什麼有趣的東西嗎？」古勳問。

「以為看到熟人吧了。」

「哦，也不出奇呀，你從前每逢假日都會來這裡小住，可能是你少年時代的朋友吧？」

「是呀。」

「等你隔離完十四日後，就可以出去找他們聚舊了。」

※　※　※

我等不了十四日。假如那人真是古賢亮……即使單單為了尋找 nobody，我也不可以再等，於是我又一次戴着電子手環偷偷出門。

我穿著長袖襯衣遮蓋住手帶，也戴牢口罩，好讓自己看上去跟一般路人一模一樣。明知道這島上應該沒人知悉我是家居隔離人士，但就是有點心虧。

為什麼 nobody 會知道古賢亮的日記藏在抽屜內？為什麼 nobody 會懂得傳訊息給我？nobody 到底是誰，知道些什麼？是否知道被撕走的日記內頁去了哪裡？是否知道內容是什麼？

有沒有可能，真的是古賢亮本人……我不敢奢望，但一絲希冀卻在心底昇起。

我拿着手機，繞着大宅附近的小徑走，一路看着 AirDrop 範圍內出現的陌生人手機，但一直都沒有顯示「nobody」。

我差不多跟隨着愛倫坡的足跡，全個島走了一遍，卻是無功而回。

nobody 已然關了機？

回到古家大宅附近，環顧四周，一個人也沒有。我既失望又不甘心，仍然在附近尋覓着，不肯死心。

「那幢房子有鬼。」突然一把陰森詭異的老婦聲音自我身後響起，害我嚇了一大跳。

我轉身，看見的竟是曲着背、身材矮小的財媽。她只是盯着古家大宅，用巍顫顫的枯黃手指，指着古賢亮房間的窗口。

「那個少年人回來了。」財媽的聲音透着恐懼。

「你說的是古賢亮？」我急忙追問。

「他的鬼魂回來了。」財媽壓根兒沒理會我，純粹自言自語。

「妳說的到底是不是古賢亮？古家那位少爺？」為了讓財媽正視我的問題，我猛地搖晃她的肩膀，完全忘記了社交距離。

「喂，你幹麼!?」戴着口罩的財叔出現，一手格開我。

「我只是有點問題，想問清楚你媽媽。」我低頭頷首，展示歉意。

「媽，叫妳記得要戴口罩！」財叔掏出一個口罩，強迫財媽戴上。

財媽兀自掙扎着，叫喊着：「想要悶死我？殺人喇——謀財害命啊——」

財叔扶着財媽，轉身對我說：「她患了失智症，別聽她胡說八道。」然後便一邊哄着財媽，一邊押着她回家。

失智症？財媽說的什麼鬼魂是真的胡說八道，還是說她真的看見了什麼？

假如財媽真的看見了「那個少年人」——她看見的是真正的古賢亮，還是以為住在那個房間的我是「古賢亮」？

真正的古賢亮即使真的回來了，也不會是個「少年人」了。那她是看錯了嗎？

抑或……我搖了搖頭，打消了那些迷信的念頭。

可能只是老人家老眼昏花。

她只是個患了失智症的老婦，沒有必要理會她的瘋言瘋語。

※　※　※

「你真的沒有動過我房間裡的東西？」

晚餐的時候，我忍不住問古勳。

「沒有。怎麼了，有東西不見了？」古勳一臉好奇。「我連你字紙簍裡的垃圾也捨不得丟掉。」

「嗄？」我不相信，他分明在說謊。「但房間明明有打掃過吧，不然不會那麼乾淨。」

「我知道你會回來，才叫美姐進去打掃的，但千叮萬囑她別動房間裡的任何東西，包括字紙簍裡的東西。」古勳說。「這十七年來，房間都上了鎖，我根本不敢進去，怕觸景傷情。」

我明白，我深深的明白……

「那麼我可能記錯地方。」我唯有含糊其詞。

「我唯一動過的，是你最喜歡那件格仔外套。」

我心頭一凜——我知道是哪一件……

「你竟然沒有帶走，我覺得很奇怪。」古勳續道。「於是替你掛回衣櫃裡。」

他竟然沒有帶走，令我再次生起一股被拋棄的怨憤……

「人是會改變的。」我故作平淡地說，以掩飾我內心洶湧的情緒。「上一分鐘可能還是最喜歡的，下一分鐘可能就變了。」

「但你對 Gary 卻很長情啊。」

我無言以對。

※　※　※

姑且相信古勳吧。

那麼撕掉日記本內頁的人，是古賢亮自己嗎？

當我回到房間，第一時間去找的，是那個字紙籮。

所謂「字紙籮」，該是文人習慣的叫法。傳統文人珍視文字，故不會將寫了字的紙稱作「垃圾」，即使文章寫得不好或字寫錯了，要丟也只會丟到「字紙籮」，而不會說丟到「垃圾桶」。

因為這個習慣，我記得古賢亮曾說過他書桌下的「垃圾桶」不能丟垃圾，遇有垃圾他都叫我丟到房外的垃圾桶，房裡的只丟紙張文件。

那是個不鏽鋼垃圾桶，用腳踏踏開蓋子那一款——按開裡面一看，原來裡面留了十七年的是一堆灰燼。

慢着，是什麼「灰燼」？難道那些被撕走了的日記部分，就是在此燒毀的？

我在那堆灰燼中拚命翻找還未完全燒毀的紙片，最終找到幾張燒剩少量文字的焦黃紙頁，攤平在桌上，發現跟三本日記本的內頁是同樣的紙質。依稀能夠辨認的幾行文字，是古賢亮的字跡。

上面寫着：

「……這是真的？真的發生了嗎？我不敢相信，G＊＊y竟然主動跟我說話。這場景我曾幻想過無數次，卻沒想過會是這樣發生。G＊＊＊……」

「……很開心，希望這情景可以永遠延續下去……」

「……我仍然記得G＊＊＊頭髮的味道，以及跟我對望時那灼熱的目光。我以為，我們的初吻……」

「是不能告訴任何人的，我和……」

「……我想我最不捨得的，一定是……」

＊＊＊是燒焦了、看不清楚的地方。以上幾句，已經是那堆灰燼中，僅有能辨認的內容了。應該是因為紙片疊在一起燒，太厚燒不透，才會有少部分留下

來。

假如「G＊＊＊」是Gary的話，上文是記述了他們相戀的經過吧。

因為記述了他們的逃走計劃所以要燒掉一切？

古賢亮離開時覺得不捨得的，是我嗎？

我再嘗試發訊息給nobody，但在訊息接收範圍內仍然找不着那部手機。

※　※　※

「G」字頭的謎團還沒有告終。

今天下午，古勳交給我一疊樂譜手稿，說是「我」離開前在譜的曲，作品仍未完成。他提議我在隔離期間如覺得無聊，不如試着完成它。

樂譜的名稱是《Ode to Griseo》，上面記載着古賢亮手寫的英文字跡跟音符。

我試着Google Translate「Griseo」這個字，偵測語言的結果，系統告訴我這是拉丁文，翻譯成英文是「Gray」。

我當然知道「Gray」是「Grey」的美式拼寫，但看見G、r、a、y這四個字母，第一時間會想起「Gary」這個人名是很自然的。假如「Gary」被借代成「Gray」，亦即是等如「Grey」，那麼 nobody 口中的「Mr Grey」會不會是指 Gary，亦即是古賢亮十七年前的男朋友？

nobody 難道以為我是 Gary？

《Ode to Griseo》翻譯成中文是《灰之頌》，是獻給「Mr Grey」亦即是 Gary 的嗎？古勳說這是古賢亮失蹤前的創作，那麼推算起來，可能就是他們熱戀時期的作品，所以要獻給 Gary 也是理所當然的。

當我想明白這首樂曲的含意，我就提不起勁去彈奏它。裡面記載着我暗戀過的人對他情人的心意，肯定是世界上我最後一樣想知道的東西……

但我身處這兒的目的是令古勳信服我是古賢亮，當古勳叫我試着完成那曲譜，我沒理由連試彈一下的功夫也省下。

於是我彈奏了那份曲譜——

當我一氣呵成的彈完了最後一粒音符，耳伴的琴聲　然而止。我愣愣的看着眼前的樂譜，看着那些古賢亮一筆一筆記下的音符，想像着他構思這首樂曲時的情形……

不知為何，蹦進我腦海的是另一件全然不相干的往事。

※ ※ ※

「要不要參加Singing Contest？」有一天古賢亮突然問我。

「什麼Singing Contest？」

「就是下個月舉行的聯校歌唱大賽呀。」

「跟對面女校每年合辦那個？」

「就是那個。」

其實我挺想參加的。如果跟古賢亮一起組隊參加，也算為我們的中學時代留下一個難忘回憶——那是基於我那時候很珍惜我們的友誼。但這樣子回答的話，似乎太gay了。於是我說：

「好啊，我們念男校，那是個結識異性的難得機會！」

「想在女生面前炫技嗎？」古賢亮嘲諷我。

「誰不想啊？」我必須表現得對女生很有興趣，以掩飾我那些自覺太gay的想法。「要挑一首讓她們聽得如癡如醉的歌！」

「即是情歌吧？」

結果那陣子，我們練琴時就將大量情情愛愛題材的流行曲彈了個遍。古賢亮將一首首情歌自行編曲，變成動人的鋼琴演奏版，讓當時的我佩服得目定口呆。跟他相處越久，令我越崇拜他的才華。但作為平起平坐的朋友，我覺得萬一我表達了一絲對他的仰慕，好像關係就變得不平等起來。因此我盡力以冷嘲熱諷的態度去代替對他的讚美，搞得好像對他雞蛋裡挑骨頭似的。

幸好寬容的古賢亮並沒有介懷，也沒有識破我的偽裝。

「這首不行嗎？」

「太濫情了，婆婆媽媽的老掉牙。」我說。

「那這一首呢？」

「太大眾化，一點個性都沒有。」我嗤之以鼻。

「這一首？」

「這個歌手的歌一定有很多人選吧？太難突出自己了。選它簡直跟自己過不去。」我翻了翻白眼。

其實每一首都那麼好聽，簡直難以選擇。而我只想聽他彈奏更多。

到最後，我為了聽他用琴音跟我說那三個字，結果選擇了一首舊歌……

※※※

我猛然醒悟，《Ode to Griseo》的主旋律讓我感覺似曾相識，是因為那跟Beyond《喜歡你》中「喜歡你——」那句旋律是一樣的。

就是那首我倆挑選用來參賽的歌曲。

我希望告訴你也希望你告訴我的三個字——

喜歡你。

這明明是屬於我倆的回憶。

那段日夜沉醉在情歌當中的日子，你在我身旁彈琴，我在你身邊唱歌，充滿了音樂和情意的青蔥歲月。

我們一起在舞臺上默契十足地演繹的一首老歌：

《喜歡你》。

「喜歡你——」這一句旋律，為什麼會出現在你寫給Gary的鋼琴曲之中？難道你為了向他說那三個字，而將原本只屬於我們的記憶也要出賣？

一想到這裡，我沉重得說不出話來。

可是……可是萬一……

我突然又想起一幕往事……

※　※　※

我的心跳漏了一拍——只為了我將這句子的前半聽成「我最喜歡魁——」

「我最喜歡灰——色——」

古賢亮不是向我表白，他只是說他喜歡灰色。

還以為品學兼優、作風斯文的他，會是個喜歡黑白分明的人。

古賢亮這段對話的背景，是我超級髒亂的居所——儘管事前我已經囑咐過他，好好待在單位外面，等我收拾一下才好進來。但他沒理會我的勸告，一下子就闖進了我的家。

真的很突然，就好像古賢亮突然闖進了我的人生，事前也沒有經過我的批准。

我就是個活在灰色地帶的倒楣鬼，家境、學歷、先天條件統統都是不上不下卡在中間，比下有餘，比上卻是非常不足。雙親老是想將我捧上去，想我向上流，但我偏偏不爭氣，活不出一點發光發亮的樣子。

古賢亮是我的相反——他人如其名，給人一種明亮的感覺，總是光鮮亮麗的出現在你面前。尤其當他沉醉在自己喜歡的事物時，好像會發光一樣，有時甚至耀目得讓人不敢直視。

以發光發亮的他對比暗淡無光的自己，那種差距令我後退，讓我自慚形穢，是必然的。面對他我總是又羨慕又妒忌，自卑得要死。偏偏我又無比在意他對我的看法。

那是我第一次帶古賢亮來我家玩，給他看見我凌亂不堪、雜亂無章的家居環境，我簡直覺得無地自容。

特別是跟古賢亮的家做對比的時候。

說的不是潮騷山莊，說的是古氏父子在市區的住處。以往我們除了在學校和圖書館碰面，其餘時間大多到古賢亮家裡去待着，除了因為他家裡有座三角琴，也因為古動下午那個時段常常不在家，而且公寓的私隱度很高，住客們都各自為政、老死不相往來。

他家的面積是我家的幾倍，處於昂貴地段，而且家裡布置高雅整潔，一看就知道屋主有品味有學養，絕非暴發戶之流。

我家卻又小又亂且擠滿雜物，我連自己的房間也沒有，家裡也常常有人，故此我壓根兒不想讓古賢亮前來。只是當時古賢亮軟硬兼施的又唬又哄，我家人又剛好去了澳門，無計可施之下才硬着頭皮帶他來一趟。

我還記得將鎖匙插進匙孔的時候，手也抖了，心跳得飛快，不敢看古賢亮一眼，深恐在大門打開以後會迎來古賢亮不屑嘲諷的眼神，深恐他往後都會瞧不起我。

但古賢亮進入我的家以後，卻表現得十分興奮，像個發現寶藏的小孩，彷彿我家裡每件雜物都是什麼了不得的金銀財寶。

「那很髒喇，你想看什麼？」我阻止他亂翻我家裡的東西，不為隱藏什麼祕密，只為怕亂堆的雜物會「山泥傾瀉」，又或者被他看見更多讓我大出洋相的醜事。

「那是你的內褲嗎？」古賢亮指着我老媽隨處晾晒的衣物。

「別亂看我的東西！」我連忙將內褲扯下、收起。

「那是誰的？」古賢亮饒有趣味地指着一本埋在報紙堆當中的水著女優寫真集。

「哎，那是我老爸的！」我馬上用報紙蓋着寫真集，真夠丟臉的。

「不是你的嗎？」古賢亮賊笑着，斜睨着我。

「我不看這種東西。」我感覺兩頰熱熱的，我的臉一定通紅了。

「騙誰啊，你這色小子，最愛在街上看女生。」

「哪有？」那是我掩飾自己對古賢亮別有用心，而故意裝出來的。為了自圓其說，我唯有硬撐。「現在網絡時代呀，網上什麼都有得看，寫真集只有老頭才會買吧？」

「哦，原來如此。」他恍然大悟貌，看在我眼中卻彷彿在嘲笑我。

「想笑只管笑吧。」我悻悻然的。

「笑什麼？」他還裝得一臉無辜。

「取笑我窮酸吧。住的地方這麼小，這麼丟人現眼。」

「哪裡？」古賢亮還裝傻。

「你跟來就是想看我出醜吧。我住的是公屋，怎麼跟你的豪宅相比呢？」

「別亂說。」古賢亮一臉不以為然。「我最討厭我的家，你的家好多了！」

「玩諷刺嗎？」

「我是說真的。」

「這裡又小又擠，又髒又亂，有什麼好？」

「我喜歡這裡呀，充滿生活氣息和暖意，不像我那個家冷冰冰的，像個活死人墓。」

「你真古怪。」我無法理解他的說話。「明明你那兒有落地大窗又有露臺，日照充足，光亮整潔，天堂一樣。我這裡窗戶小雜物多，昏昏暗暗的，才像死人墓吧——不，簡直是乞丐窩！」

「你不知道什麼是凌亂美嗎？沒發覺藝術電影都愛拍些舊樓舊物嗎？又髒又亂才有歷史感和生活痕跡，才最美！」

「什麼審美觀來的？」我吐了吐舌，做了個鬼臉。「哪有人不喜歡光亮整潔，反而喜歡灰暗凌亂？」

「我！」古賢亮理所當然地說。「我最喜歡灰——色——，最喜歡凌亂隨意。」

「怪人。」

「你不明白『光亮整潔』其實有多恐怖。」他又故弄玄虛了，盡說些我難以明白的理論。「我最喜歡灰色，因為灰色地帶最自由、最舒服，不似黑白那麼強烈、尖銳、對立，尚有遊走的空間，層次豐富多變。」

古賢亮說得煞有介事的，讓我明確知道，他喜歡的真的是「灰」色，而不是我錢文「魁」。

我以為因為古勳是個恐怖小說作家，古賢亮才會將他們的家形容作冷冰冰的活死人墓。說到底，我也見識過古勳令人心寒的黑暗書房。

但後來古賢亮帶我到他家的櫃門前，逐一打開門給我看——我看見古家的儲物櫃、廚櫃、雪櫃和鞋櫃……統統都整齊得嚇人，就像電腦改圖一樣，每樣東西都光亮整潔，放置成絕對對稱的樣子，平整劃一，密密麻麻的一式一樣——這模樣一看就知道屋主是個患有強迫症的控制狂，以致對家居雜物的擺設具有一種病態的執着。

然後我明白為什麼古賢亮喜歡灰色——因為明亮耀眼的他，也只是受古勳擺布的一個陳設品，永遠都要展現出優秀體面的一面，不能讓人發現有任何瑕疵缺憾。

我突然明白贏得全世界的他，為什麼仍是落落寡歡，為什麼竟然會對卑微的我產生興趣……

古賢亮喜歡灰色。

我是灰色的……

※　※　※

「Mr Grey？」

我重看手機上那張灰底白字的圖片。

「Mr Grey」會不會真的是指我？nobody 傳訊息的目標人物沒有搞錯，真的是我？

假如 Mr Grey 是我，我的心又劇烈跳動起來——《Ode to Griseo》會不會是為我而創作的？所以才會記載了我倆的回憶，才會加入了《喜歡你》的旋律？

我又再想起日記裡那些記載了古賢亮跟「G＊＊＊」之間的情事……「G＊＊＊」到底是 Gary 還是 Grey？假如古賢亮以 Grey 作為我在他日記裡的代號也是有可能的，記憶中我倆的的確確有過許多曖昧片段，要說「G＊＊＊」是我，那也是說得通的。

我回到房間，再次打開那本被撕走了內頁的日記本，翻過那一頁頁被撕掉的部分，來到緊接着空白的那一頁……

我拿起鉛筆斜斜的塗抹起來，希望最後一頁的筆痕會印到下一頁去，並能透過這個原始的方法再現——

「我希望 Grey 會找到真相。」

天啊，最後一頁只寫了一句。我仔仔細細的看了又看，寫的是「Grey」，不是

「Gary」。

那麼說，古賢亮喜歡的也有可能是我——他喜歡灰，也喜歡魁。

彈奏《Ode to Griseo》時那指尖的觸感還留在我的手上，那段旋律在我腦海盤旋，讓我想像古賢亮是想着我來創作這首樂曲的……

「喜歡你——」

我突然想起古賢亮的眼睛——他如何透過電梯的閉路電視鏡頭凝望着我，跟我說再見。他如何眨動雙眼，朝鏡頭做出揮手道別的姿勢，他的手指如何詭異而富節奏地動着，就像彈琴一樣。

就像彈琴一樣！

按照簡譜和節奏，在彈Beyond《喜歡你》中「喜歡你」的一句時，就是3—3 2 1—1—，用中指彈奏3、食指彈奏2、拇指彈奏1——正正跟古賢亮的詭異手勢吻合！

他正在打密碼？

那麼他不自然的眨眼動作會不會也暗藏玄機？

我閉上眼，回想那天晚上被我重看了多遍的影像，古賢亮看着鏡頭眨眼，是眨了多少下？有多少個停頓位？假如那是摩斯密碼……

我馬上到 YouTube 搜尋閉路電視那條影片，將畫面以慢速播放，重看一遍又一遍——

一長兩短。

「-..」是英文字母「D」？

慢着，那也可能是「-..」，即是「tee」。

古賢亮失蹤當日，身穿的正是灰色 tee。

如果他是要向「Grey」作最後道別，「灰」即是「魁」的話……

古賢亮是想告訴我：「魁，我喜歡你。」

會不會古賢亮知道，那可能是最後一次機會向我表白？會不會他早就知道，自己將要「失蹤」的命運……

想到這裡，我激動不已——假如他是喜歡我的，即是說我們之間的感情一直是雙向的；我的感覺沒有錯，原來並不是我一廂情願的幻想和妄想……

可是他為什麼要欺騙我、出賣我？

慢着，假如他沒有呢？

我們一直好好的，直到他失蹤，我仍是一點也沒有懷疑過他。

古賢亮的失蹤，是我當時人生裡晴天霹靂的頭等大事。我擔心的是他的安危，追查的是他的失蹤真相。
直到遇上汪黛莉。
是汪黛莉扭轉了我的看法——她告訴我古賢亮身處一個安全的地方，失蹤的真相是他要跟男朋友私奔。
所有東西都是汪黛莉告訴我的，而年少的我從沒懷疑過看上去非常權威的汪黛莉的說法。
但我現在已是個成年人。
汪黛莉可信嗎？
她是一間大型出版社的編輯，曾經是我的性伴侶，如今身分形同我的前妻，是我女兒的母親……要是說古氏父子毀了我的大半生，汪黛莉可是直接參與到我這遭毀掉了的半生去，成為它的一部分。
我忽然驚出一身冷汗。
假如說謊的是汪黛莉，我不單錯怪了古賢亮半輩子，而且我的人生是鐵鐵實實的被她毀了。
但汪黛莉為何要說謊？
我狂奔到古勳的書房去，站到那擺滿他生平著作的書櫃前，逐一翻看每本小說最末一頁的工作人員名單——二〇〇三年九月以前的著作，汪黛莉只是執行編輯甚至根本連她的名字都沒有；但由古賢亮處女作《黑暗中起舞》開始，汪黛莉的職銜變成了總編輯，此後古勳的所有著作，不論是香港版還是臺灣版，總編輯都變成了汪黛莉……

因為古勳。

當時汪黛莉只有廿多歲，卻能成為出版社的要員，是因為大作家古勳吧？那麼一切就說得通了。古勳從古賢亮的日記獲悉他是名同性戀，為了阻止兒子跟男同學談戀愛，古勳將古賢亮送到國外，再跟相熟的女編輯編了一個故事來欺騙這位男同學，將古賢亮和我的戀愛幼苗扼殺於萌芽以前……

這個嶄新的假設如此合情合理，簡直連我自己都感到驚訝，為什麼十七年來我竟然完全想也沒想過。

汪黛莉會為了事業而出賣自己的身體，甚至為此跟我生孩子嗎？一個可以隨便跟人一夜情的女子，想必把性看得很稀鬆平常，我想這交易對她來說根本沒什麼大不了。至於懷孕一事，純屬意外。

慢着……會不會到臺灣發展一事，也在他們的計劃之內？所以汪黛莉才能一到埗便入職大型出版社兼身居要職？這樣的話，我就會離開香港，永遠遠離古賢亮。

激動的我圓睜着眼睛，呼吸急速得快要因換氣過度而暈厥——

他們要引我離開香港，是因為古賢亮身在香港？即是說，我千辛萬苦在尋找的那個人，原來一直在香港？

我現在已經回到了香港。那麼，他人在哪兒？

古賢亮會不會現在就跟我身處在同一幢大宅內？

nobody——他會不會就是「nobody」？

我馬上翻看手機，沒有新訊息，在訊息接收範圍內仍找不着 nobody 的手機。

古賢亮，你在跟我玩捉迷藏嗎？

我恨得牙癢癢的，但心底卻騰升了一線希望——古賢亮終於來找我了，我們終於可以弄清楚這十七年來發生了什麼事，搞清楚彼此的心意。

當然，以上一切只是我忽發奇想的一個假設，只為了在古賢亮的日記本找到了「Grey」這個名字。

為了證實我的假設，我還要找到實質的有力證據來支持我。

首先我要找出當年汪黛莉給我看那輯照片中，站在古賢亮身旁的男生身分——他到底是不是 Gary？「Gary」究竟存不存在？

那個男生叫「Gary」也是古勳告訴我的，要是整件事都是古勳跟汪黛莉合謀的騙局，那麼「Gary」可能根本只是一個杜撰的人物。

慢着，假如這些年的一切都是騙局，那麼這次讓我回到香港假扮「古賢亮」的計劃，到底是誰的主意？目的為何？

我的心又亂跳了起來——

會不會是古勳不久人世，良心發現，讓兒子跟我重逢而設計出來的戲碼？古勳那老狐狸的確是個喜歡戲劇化場面的操控狂，但他真的會如此好心嗎？

又或者，若干年前，古賢亮真的憑自己的能力逃離了古勳的掌控，以致消失在古勳的眼前。現在，不久於人世的古勳為了再見兒子一面，迫着以我作餌，希望古賢亮會上釣現身？這個可能性似乎更合乎情理和切合古勳的性格。

這樣的話，「nobody」會不會真是古賢亮？他真的回來了，為了再見我？

想到這裡，我激動不已。

假如以上假設成立，「nobody」為什麼神出鬼沒就說得通了。

為了跟我見面，「nobody」必須主動聯絡上我。古賢亮知道我就住在古勳的大宅裡。但為了避開古勳，「nobody」也不能走得太近，必須在被古勳發現前離開。

最該死的，是我仍在被隔離十四日的期限裡，不能肆意離開古勳的大宅——

這就是為什麼「nobody」一時聯絡上我，一時又消聲匿跡的緣故了。因為我不能離開大宅，他又不能太接近大宅。

一想到這裡，我還怎能再按捺得住？我要出去找古賢亮，我必須要馬上找到他。

「以往你最抗拒看我的小說，怎麼今天這麼好興致？」真見鬼了，古勳跟他的電動輪椅竟不合時宜地堵住了書房門口！他還駕着輪椅進來，來到堆滿了小說的書桌前——那都是我剛才找出來，查看汪黛莉職銜的古勳小說。

「從前太年少無知，我想如今再看感覺會不一樣吧？」

我必須要沉得住氣，不能讓他起疑。

「那你看出什麼名堂來了嗎？」

「我想還要慢慢咀嚼一下。」我還沒搞清楚古勳到底是被我欺騙的羊牯，還是正在設局欺騙我的老狐狸，跟他周旋的策略懸而未決，說話也只能盡量模稜兩可。

「這本可不是我的啊。」古勳拿起其中一本小說，正是《黑暗中起舞》。他看着我。「重溫自己的處女作，又作何感想呢？」

「我還未開始看呢。」這倒是大實話，自這本書出版以來，我都沒有勇氣去翻看它。

「打算重拾筆桿嗎？」他問。

我搖搖頭。「已經寫不出什麼來了。」

「因為什麼？」

「不為什麼。」因為古賢亮。

「一定有個原因的。」古勳將小說遞給我。「重看一遍，找出你完成這本小說之後，就再也寫不出什麼來的原因。」古勳以過來人的語氣勸勉我。

「好。」我無奈把書接下。

骨頭先生在冷眼旁觀這一切，好像在嘲笑我一樣。

「待我今晚有時間再看吧。」我把《黑暗中起舞》放到骨頭先生膝上。「骨頭先生，你先看，等會兒回來向你問書。」

「你還是像過去一樣，那麼喜歡跟骨頭先生聊天嘛。」

「對呀，它可算是我的老死了。」

※　※　※

在古勳的注視下，我沒有辦法外出，只得留下來跟他一起準備晚餐。

吃過晚飯，洗好了碗碟以後，我藉口要看書說要回到書房去。見我對閱讀重燃熱情，古勳好像很高興的樣子。

自我住進來以後，跟古勳的交集不算多，大多是吃東西的時候才會聚頭聊上兩句，此外就是他央我彈琴給他聽的時候了。但據我所知，古氏父子的確感情淡薄，即使同住的時候也大多是各自做自己的事情，很少有什麼故作溫馨的「家庭活動」。因此我無法確定我跟古勳的這種相處方式，算是自然抑或不自然。

更何況我現在的身分是久別重逢、早有嫌隙的「失蹤兒子」，父子倆之間存在着無形隔閡也很合理。加上現時疫病肆虐，人人要保持社交距離，這也是美姐千叮萬囑我們的「家規」，所以這種相處模式倒也不覺奇怪。

既然無法從古勳身上找到答應，要找出事情的真相，我必需先找出「nobody」。

我獨自在古勳的書房裡坐立不安地等待，要等到古勳熟睡以後，我才再偷偷出去找尋「nobody」，或者說——古賢亮。

骨頭先生仍然戴着它的口罩，只有兩個深深的眼洞在看着我。

我坐在書桌前，看着那本《黑暗中起舞》。

——古賢亮著。

為了這四個字，我曾經多麼的憤怒，以致於氣憤得十七年來，也沒有翻閱過一次。

這曾經是個一想起來就教我興奮莫明的故事。

這故事滿載了我倆相處的點滴回憶：如何一起構思故事裡的細節、如何互相取笑對方的爛點子、途中無數次天南地北離題萬丈的爭論不休、越聊越興奮的發掘了許多大家埋藏了許久的祕密和古怪想法、半夜裡因為想到了一個好點子悄悄打電話給你、跟你通宵傾談的美好時光……

二〇〇三年的香港，同樣是疫症漫延的末世景象。但那段停課的日子，在我的回憶中卻是如此的歡欣雀躍、閃閃生光。

我當時眼中只有我和古賢亮，根本沒理會過外面的世界。

我倆像《十日談》裡面的十位青年男女，為了躲避瘟疫逃到了隱祕的世外桃園，每天的節目就只是輪流說故事……

我們的世外桃園就是我倆的創作天地——

小說的主角是小黑和阿舞兩位女中學生，故事講述兩人如何合力達成一宗完美犯罪，以殺害其中一人的父親。

「弒父」是古賢亮提出的題材。

※※※

某個相約好討論創作的早上，我們一碰面，我還未把筆記本翻開，他劈頭便提出了這個建議。

「你覺得怎麼樣？」我還記得他當時一臉緊張地看着我問。

「就……很猛!!」我瞪大了眼，有點驚訝文靜內斂的古賢亮會誕生出如此離經叛道的想法。

「會……會不會不太好？」他面露遲疑的神色。

「不會，挺好的！」

「真的？」古賢亮還是不太有信心。「對於華人社會來說，不會太背德嗎？」

「哎呀，只是個虛構故事。」我說。「而且啊，背德感有時正是吸引人之處——

不然人們就不會對出軌、劈腿、偷吃之類樂此不疲啦！」

「啊！」

「不過我倒是奇怪，為何你會想出這個題材？」

「這——」古賢亮頓了頓，好像在整理腦裡的構想。「其實『弒父』在希臘神話中是個滿常見的主題，最著名的就是希臘悲劇《伊底帕斯王》，講述伊底帕斯如何在不知情的情況下，意外地殺害了自己的父親還娶了自己的母親。其後弗洛伊德把這種戀母仇父的特殊感情命名為『伊底帕斯情意結』，還成了心理學的名詞。」

我托着頭，靜靜地聽着——古賢亮知識真的很淵博，我最喜歡看着他娓娓道來那些我聞所未聞、也跟我八竿子打不着關係的資料，就光可以毫不避嫌的盯着他的臉看，已經是件賞心樂事。

「另一個例子是烏拉諾斯，他把孩子們囚禁在塔爾塔羅斯受苦，結果他最小的兒子克洛諾斯起來反抗，用鐮刀把父親的陰莖砍下來扔入大海，推翻父親自己取而代之。」他繼續說。「但克洛諾斯也害怕自己會像父親一樣，被自己的兒子推翻，於是他把生下來的孩子全部吃掉——」

「什麼!?」我真的嚇傻了眼，原來神話故事都這麼猛的嗎。「結果呢？」

「頭五個孩子都在出生後被他一口吞下，第六個孩子因為被母親用石頭掉包了，才幸免於難。」古賢亮說。「結果第六個孩子長大後，真的把父親趕走，自己成為眾神之王——就是希臘神話中最偉大的神宙斯。」

古賢亮還把相關的插畫拿給我看，特別是克洛諾斯殘忍吞食自己孩子的畫作，真的令我印象難忘。

「希臘神話中的親子關係真的令人大開眼界。」我緩了口氣，才說得出話來。「不過你不仁、我不義，可能也只是一種因果報應。」

古賢亮看着我，突然忍俊不禁。

「怎麼了？」我問。

明明在談着正經事。

「沒有，只是見你說得老氣橫秋的，有點好笑。」他笑說。「跟你的樣子很不搭。」

「我樣子怎麼了？」我摸着臉，生氣道。

「小寶寶似的，卻說着大人話。」

「什麼小寶寶？」我滿臉通紅。

「就——」他用指尖輕佻地戳了戳我的臉肉，笑了笑。「有點可愛。」

雖然古賢亮不是說我可愛的第一人，但……我是第一次被人這麼說了，然後熱得連耳朵都燒起來。

「別玩了。」我撥開他的手，假裝看着筆記不看他。「常常都離題萬丈，我們的小說要下輩子才能寫完了！」

「喔，你說得對。」於是他收起手，也低頭假裝看書。

我咳了一聲，故作嚴肅地，以掩飾我的不知所措還有點意亂情迷。

「我們選了兩個女生當主角——女生給人的印象就是比較柔弱，何況她們還只是中學生？」我說。「卻犯下弒父這麼激烈的罪行，這個反差應該會很出人意表。」

「嗯，聽上去不錯。」

「還不止呢，她們為何會犯下這個罪行，才是故事最有趣的看點。」想到這裡，我不禁興奮起來。「大到要殺人的恨意已經很難想像，巨大得要殺掉自己父親的仇恨——那個原因可見多耐人尋味！一定是讓人難以承受的痛苦，才會下這個決定吧？」

我看見古賢亮愣愣地看着我。

難道他不同意？

「不對嗎？」

「對極了。」他大力點頭說，甚至激動得握住我的手。「超級對，你說得真好！」

古賢亮這麼贊同我的想法，令我又害羞又自豪。

「那麼現在我們來想想她們的動機吧？」他說。

「嗯，好啊。」

於是我們又翻開參考書，把有趣的點子記錄下來。

※　※　※

——我當時只是覺得這個題材挺大膽的，也就躍躍欲試。

那時候我從沒思考過，古賢亮為什麼會對「弒父」這個主題情有獨鍾。會跟他和古勳的關係有關嗎？難道古賢亮曾痛恨古勳到想要殺死他的地步？

還有小黑和阿舞兩個女生之間曖曖昧昧的「情誼」。那時候我為了展示自己的男子氣概，不停說要灑多點鹽花　，末了將兩女寫成了同性戀關係，古賢亮卻並沒有反對。

現在回想起來，兩女的名字會不會有什麼情感投射？名字都是古賢亮改的，我卻沒有想過為何改這樣的名字，還想會不會只是為了配合小說想要個有點意象的書名呢？但當我發現古賢亮的最後現身片段似乎暗含密碼，他寫的樂譜和日記也藏有暗號，不禁要重新去猜想兩女名字的意義。

「黑」暗的相反詞是明「亮」，難道說「小黑」是對應古賢亮的角色？那麼「文」的相反詞是「武」吧，「武」正跟「舞」是同音字，莫非「阿舞」對應的是我？

當我正思考着兩女跟我們的關係時，手機突然蹦出一個單詞：「Club」。是 nobody，那個人的訊息再次出現！

「Club」，很明顯就是指潮騷山莊聞名的會所廢墟吧。

我正要站起來時，手機再次彈出訊息──「lock up the pets first」──難道是叫我將愛倫坡和麥高芬鎖起來？

我看看腕錶，側耳傾聽隔鄰古勳睡房的動靜──古勳應該入睡了。

我隨即放輕腳步，悄悄下樓，走到愛倫坡和麥高芬的貓窩狗窩前──兩隻寵物晚上都睡在各自的籠裡，但門是沒有關上的，牠們醒來也可以自由出入。我靜靜的將兩個籠的門關上、上鎖，再無聲無息的開門出去。

※ ※ ※

我飛也似地往會所方向跑去，知道那個人會在那兒等着我，那個我等了十七年的人。

「我打賭你入黑後根本不敢到那所荒廢了的會所去。」十七年前古賢亮的聲音又在我的耳邊響起。

「誰說我不敢？」十七年前，我明知道他是用激將法，仍是心甘情願上釣。

黃昏時份，在沙灘上百無聊賴的蹓躂着，兩個少年人突然決定要測試彼此的膽量。我們要趕在天黑以前到達，否則在欠缺街燈的情況下，根本不會找到進入會所的路。

「那麼我數三聲，就比賽快跑到會所那裡去。」古賢亮露出奸計得逞的笑容。

「誰怕誰？」我展示不服輸的表情。

「告訴你，我這裡曾經骨折，植入過兩根鋼釘。」他拍拍左邊膝蓋。「你可別這樣也輸給我啊。」

「別說廢話了，放馬過來！」

「預備，三——」

我們擺好助跑姿勢。

「二——」

他故意將語音拉長，害我無法預計起跑的時刻。

「一！」

古賢亮一溜煙的奔跑向前，我只能追着他的背影，把兩邊道旁的景物匆匆拋棄在身後。古賢亮就在我的眼前，好像觸手可及，卻總是失之交臂。我拚命的追趕，以為自己總會捉得住他，但跑呀跑的，十七年就過去了……

如今我站在雜草叢生的後門入口，抬頭望眼前鬼屋似的廢棄會所，因跑得太急依舊氣喘噓噓的，就跟十七年前一樣。

「等等我。」十七年前的我說，尚按着膝蓋在喘息，以為走在前面的古賢亮會等一等我。

「快跟來。」誰知道古賢亮頭也不回的率先走了進去。

我還顧四周，人影也沒半個，天也快黑齊了。古賢亮快要消失在樓梯口，我沒有時間想太多，就三步拼作兩步的趕上他。

「喂。」周遭太昏暗了，我差點絆倒，於是自自然然的伸手拉住了古賢亮的衣角。

「衣擺都給你扯壞了喇。」古賢亮一邊投訴，一邊拉開我的手，然後就順勢拉住了我的手。

在昏暗的建築物內，兩個男生就這樣手拉着手，感受着對方汗濕的掌心。

「太黑了，跟着我。」

完美的牽手藉口。古賢亮不動聲色地走着，我就跟着他。

那是我生平最大的一趟冒險——在漆黑中進入一幢廢棄的鬼屋似的建築物，明知道會所周圍人跡罕至，即使有什麼事，那也是在一個與世隔絕的孤島上，市區的救援人員要來救也是遠水不能救近火……但扯得太遠了，那只是在現實世界定義的「冒險」；真正可怕的，其實是心靈上的冒險，在於我夠膽挑戰我跟古賢亮早早劃下了的安全的人際距離，就由牽手這一個動作開始……

我倆走上鋪滿塵埃和蜘蛛網的陳舊樓梯，腳步聲在空洞的空間內迴盪着，卻不及自己的心跳聲和呼吸聲巨大。

古賢亮帶我走上二樓，踏着古老的地毯走進完全的寂靜，耳朵不舒服得產生了耳鳴。拐過一個門廳，古賢亮從褲袋掏出一支微型手電筒，亮起來照着前方地面。

「你早有準備嘛。」

「在這個路燈不多的孤島，隨身帶備手電筒是必需的。否則你日落前必須要回到家裡。」

十七年後的我手握手電筒，照着十七年前我倆走過的路——我知道在我前面的是什麼，可十七年前的我並不知道。

「哇呀!!」十六歲的我尖叫着，嚇得抱住了古賢亮，緊緊的抱住死不放開手。

十六歲的古賢亮回抱着我，溫柔地撫着我的背。

「那是我最好的朋友。」他說。

「嗄?」我聽不明白。

我只知道，在他手電筒照射到大堂沙發上的一剎那，我看見一具屍骨就躺在上面——一條已經快要化灰的屍體趴在沙發上，差不多只剩得骨頭。

我不敢細看便馬上別過臉，也不清楚那是什麼東西，死了有多久。

「牠叫阿黃。」古賢亮語氣平靜，彷彿早就知曉它的存在。他的手在輕撫我的臂膀，以示安慰。「是頭唐狗。」

「什麼?天殺的……」我嘴裡罵罵咧咧的純為壯膽，也自知堂堂男子漢不好意思一直躲着，遂拉着古賢亮的手戰戰兢兢的轉過身來。

我看見一條化了灰的狗屍，俯伏在沙發上，依稀可見生前應是頭黃毛的唐狗。它旁邊放着幾朵花，似乎是來憑弔的人放下的，身後的鏡牆噴上了「RIP」的字句。

「它是你最好的朋友？」我呆呆地問道。

「曾經是。」古賢亮說。「牠是這個會所的看門狗，對人很友善，我每次來牠總是熱烈歡迎我，黏着我玩。我跟牠一起長大的，還記得牠小時候的小狗模樣，那時候我也還是個小孩子呢。」

「牠怎麼會死在這兒？」

「我也不清楚。始終我不是長住在這裡，假日才會到這兒來。」古賢亮黯然地說。「或許會所關閉後，牠不肯離開，死守在這裡；或許人們根本忘記了牠，把牠遺留在此處，會所關閉後，牠也就斷水斷糧了。」

「不過也有一個可能，牠是自然老死的？」我說。「你說牠跟你一起長大，那麼牠年紀也不輕了。」

「說的也是。」

「那些花是你放在這兒的嗎？」我沒想過，古賢亮原來有這麼感性和念舊的一面。

「有的是，有的不是。」他說。「也許除了我，還有人會偷偷進來吧。」

「這裡關閉了以後，你還會一個人偷偷進來？」我想想也覺毛骨悚然——在伙伴面前為了逞強而前來探險的事我能理解，但一個人獨自前來看狗屍就有點兒那個了。

「你沒有在這兒住過，才會覺得這裡恐怖。」古賢亮好像看穿了我的想法一樣。「這裡曾經是個天堂一樣的地方，繁華璀璨，應有盡有。尤其對於一個小孩來說，這兒熱鬧又華麗，有吃的、喝的、玩的，是個怎逛也逛不厭的遊樂場。」

「但荒廢了就變得跟鬼屋一樣啦。」看着眼前破落的景象，我仍然覺得心裡發毛。

「當你對一個地方有感情，你重遊舊地，看見的不是眼前景物，而是你跟那個地方的回憶。」古賢亮感慨地說。「當你跟一個生命有過交集，即使牠往生了，還是那個熟悉的牠，阿黃在我心目中仍然是蹦蹦跳跳、衝過來舔我的樣子。」

那時十六歲的我，還未曾經歷過生離死別，對這番說話似懂非懂。

「我對這裡很有感情，對阿黃很有感情，是因為在這裡可以讓我忘記煩惱。」

「你有很多煩惱嗎？」那麼完美的古賢亮，還有什麼煩惱？

「我很討厭那個家，尤其討厭我爸爸。」他頓了頓。「這裡是我的避風港，是個逃避的好地方。為了應付熱情的阿黃，我都沒有心思去胡思亂想了。」他想起往事，笑了笑。

我緊了緊我們牽着的手。

「我也是你的朋友。」我說。「你有煩惱也可以找我。」

他靜默了一會。

說出口我馬上便後悔了，心在狂跳——衝口而出的話，會不會說得太肉麻？

「謝謝。」幾不可聞。

能安慰到古賢亮嗎？那就好了。

「那我可以請你幫我一個忙嗎，朋友？」

聽他的語調，我就知道不是好事了。

古賢亮央我協助他把阿黃的屍首運出去，找個好地方埋了。結果那個晚上我倆像午夜逃亡的變態殺人犯，摸黑偷偷運屍、挖洞、埋屍，什麼都做齊了。末了弄得兩人都灰頭土臉的。

我們筋疲力竭地躺在荒野山頭，累得也不顧身旁是個新墳，只是大口喘着氣，仰望着頭頂的星空。

那種難以置信的美麗，深深的震撼了我。

「原來天上有那麼多星星。」

我從沒留意過，那些一直就在身邊的東西。

「天上原本就有那麼多星星，只是市區的光害太嚴重，我們才看不見它們。」

「真的嗎？」

太神奇了，就像電影裡的畫面，好像身處宇宙一樣。

「有時候光明會使你盲目，黑暗反倒讓你看清楚一切。」

古賢亮那句似乎滿有哲理的說話，依然牢記在我心裡。

十七年過去了，會所落地玻璃窗外的星空依然美麗，當時不知天高地厚的少年，卻已變成了滄桑的中年人。

我唏噓的呆立着，思緒被往事淹沒，差點忘了我前來此地的原因。

突然，我感到自己身上的毛髮都抽緊得豎立起來，心臟狂跳得像鉛球猛敲城門——那個人就站在我身後，在呼吸，在看着我。

我霍地轉身，以為會看見古賢亮，卻一腳在懸崖邊踏空了，整個人掉下冰封的無底深淵，再也無法找到一塊堅實的地面可以立足……

「嗨。」她說。

根本不是古賢亮。

是個戴着口罩的陌生女子。

啊，是她——

乘船到島上來時，那個跟我同艙的抱着小孩的少婦。那個跟我一樣，對古勳表露不屑的少婦。

難道她知道什麼？

「妳是……？」我以詢問的眼神看着她，深恐她只是一個無聊前來會所亂逛的閒人。

「我是『nobody』。」

nobody 不是古賢亮——我一直以來的妄想，徹徹底底地無望了。

她脫下口罩給我看清楚她的容貌，她看上去比我以為的更年輕，而我的確不認識她。

「你就是『Grey』？」她的語氣聽上去有點嗤之以鼻，令我更為不爽。

「我不知我是不是『Grey』，我叫錢文——」

「魁。」她替我接了下去。「是你，Mr Grey。儘管我不明白 Ethan 喜歡你什麼。搞了那麼久才找到這兒來，你真有夠蠢的。」

Ethan 是古賢亮的英文名，校內師生也喜歡以 Ethan 稱呼他，唯獨我習慣叫他中文全名——最初是為了保持距離和侮辱他，後來卻反顯得我們關係非淺、特別親暱。

「妳什麼意思？」我仍未搞清楚眼前人的身分。我們念的是男校，看年紀她也不像跟我們同齡，應該是比我們年輕，不會是古賢亮的同學。

「你對Ethan好像一無所知，難為他花了那麼多時間在你身上。」她那種瞧不起人的傲慢，卻令我想起古勳——我想她也是有錢人吧，所以也有幢別墅在潮騷山莊？

「妳又知道他什麼了？」我光火了。「老搞些故弄玄虛的把戲，到底想幹什麼？知道什麼乾脆告訴我就好！」

「你白痴啊！」她也火了。「以為人人像你一樣，活成一坨爛泥也沒所謂嗎？我還有需要忌憚的人，還有需要守護的人呀。」

我冷靜下來，開始理解到自己一直以來的沉淪和不幸，也許就始於我的不懂忌憚。

「現在這裡只得我和妳。」我小心地環顧四周，然後開口。「我也照着妳的指示，將古勳的貓狗都鎖在籠子裡了。」

她舒了口氣的樣子。

我想起來了，在愛倫坡拍回來的片段中，她的古怪表現。

「妳怕貓？」

她搖搖頭。

「古動裝了鏡頭和對講機在那隻貓身上。」

「我知道。」我點點頭。

「他曾經恐嚇過我，透過那個對講機。」她眼中流露出恐懼。「那隻貓常常跟蹤我和我兒子，神出鬼沒的，跟牠主人一個性子。」

「現在不用怕了。」我安慰她道。「現在這裡只有我和妳。」

她總算平復下來，只是幽怨地看着我。

「是妳叫我來的。」我揮揮手機，示意 nobody 給我的訊息。

「Ethan 向你求救了那麼久，為何你什麼都不做？」

「求救？」我霎時間懵了。

「你看過他的日記了吧？」她問。

我點點頭。「但最重要的部分，都被他燒毀了。」

「燒毀了？」她難以置信地睜大眼。「那不可能。」

「的確燒成灰了，雖然在灰燼裡，還能看得見片言隻字，但欠缺上文下理之下，已經無法得知古賢亮想表達的是什麼。」我仍然不確定古賢亮的心意。

她驚恐地掩着嘴，面露恐懼的神色。

「妳到底知道什麼？」我追問。

「他知道了，他一定是知道了……」她恍恍惚惚地自言自語。

「誰知道了？知道了什麼？」我焦急萬分，不知道自己到底錯過了什麼。

她責備的盯着我，怒氣衝天。

「用用你的腦子！」她指着自己的頭。「我不能說太多，那個人太危險了。」

她似乎想就這樣離去。

「嗄？妳不能留下一堆啞謎就走掉！」

「我老公和孩子還在家裡等着我。」

「關於古賢亮……」

「你是他最好的朋友，我只是他的鄰居。」

「但妳是知道點什麼的？妳連他的日記寫了什麼都知道啊！」

「我並不知道，我只是知道他想讓你看到。」她不耐煩地看着我。「他已經用了許多方法想讓你知道。」

「他到底想讓我知道什麼？」

「詳情我不清楚……也不方便說。」她欲言又止。「總之他家裡住着個惡魔。」

第四章　父親

他家裡住着個惡魔。

指的是古勳？

那女人告訴我她叫阿花，是古賢亮在潮騷山莊的鄰居。童年時每逢假日，他們兩個家庭都喜歡前來潮騷山莊度假，因為古勳是名人加上好客的個性，兩家人很快便熟稔起來，時有來往。古賢亮升上高中後，想賺取點外快，阿花家人便建議作為名校生的他替自家女兒補習，於是古賢亮就成了阿花的私人補習教師。

阿花說自己少女時代曾暗戀過古賢亮這位大哥哥，但古賢亮卻告訴她自己有喜歡的人了。因為妒忌着古賢亮的情人，也因為少女的敏感多情，阿花很留意古賢亮的一舉一動，有事沒事都注視着他的家，希望找到一點點能擊敗那名情敵的蛛絲馬跡。

結果卻讓她觀察到完全意想不到的另一面。

她留意到古氏父子在人前其實都戴着假面具做人，在他們以為沒人看見的時候，表情馬上便變了。表面溫文開朗的古賢亮，背地裡常常鬱鬱寡歡、愁眉深鎖。古勳也不像他表面看上去的那麼友善豁達，卻是個喜怒無常的孤癖怪人。她發現那些父慈子孝原來也是演戲，兩個人在別人看不見的時候，常常陷入冷戰或爭吵。

阿花知道古勳最自豪的就是兒子的琴技，常常要求古賢亮在眾目睽睽之下演奏特別難彈的樂章。古賢亮也總在爸爸面前裝出一臉沉醉在古典音樂世界的模樣。但每當古勳不在家，從古賢亮房間傳出來的卻是嘈吵前衛的搖滾樂。

她對一首迷幻感覺的曲子記憶特別深刻，因為中段有一部分是歌者怪叫着「Fuck, Fuck, Fuck fuck, Fuck fuck fuck yeah……」，這跟阿花心目中溫文儒雅的大哥哥形象太不搭配。古賢亮卻總是重複又重複的聽着它，以致阿花後來又聽出來一段更駭人的歌詞：「Father?」「Yes, son.」「I want to kill you.」「Mother, I want to...」

因為那首歌常重複「This is the end...」「the end...」「the end...」的歌詞，後來阿花查出那原來是搖滾樂隊 The Doors 的《The End》。

「弒父」的主題再次出現，那是一首會令人聯想起伊底帕斯殺父戀母情意結的歌曲。

這又令我想起古賢亮送給我的那隻ＣＤ，也是有點另類的搖滾樂，唱片封面更令我想起骨頭先生。我想古賢亮也有點他爸爸的遺傳，可能骨子裡就是喜歡這些黑暗怪異的東西，卻鮮有表現出來吧。中學時代的我十分膚淺，只會聽香港本土的流行曲，對其他類型的音樂簡直一無所知。那時候覺得見多識廣的古賢亮送我一張這麼冷門的ＣＤ，是不是想炫耀他的學識，還是想嘲笑我的品味。總之聽過一兩次就將唱片束之高閣。

阿花卻比我細心，從古賢亮喜歡的音樂類型留意到他精神狀態的異常，因此察覺出事情原來沒有那麼簡單。

她斬釘截鐵地肯定，古賢亮從小受到虐待，包括精神上和肉體上的。

對此我感到十分震驚，追問她有什麼憑據。

阿花說在古賢亮身上不只一次發現過瘀傷，一次甚至發現有牙齒印。但傷痕往往很巧妙的留在衣衫能遮蓋的位置，以致不細心尋找，根本不會有所發現。她是因為聽到他們父子發生過激烈爭吵，甚至聽到一些古怪的可疑動靜，才會倍加留神。

當她發現虐待行為以後，直接詢問古賢亮事情的經過，古賢亮卻顧左右而言他，似乎並不想將真相告訴別人。阿花央求他即使不找別人幫忙，也應該告訴他的情人，好讓他的煩惱可以有人分擔。古賢亮答應她，會找機會告訴那個人，並說自己一直有把心路歷程記下來鎖在抽屜裡，就是想找到適當機會可以拿給他看。

到了這個時候，阿花才知道古賢亮喜歡的人是個男生，古賢亮叫他「灰先生」，說「灰」字是他名字的同音字。古賢亮說男人之間不需要什麼都說得太清楚，因為那樣子太尷尬太婆媽了，但他會想辦法向「灰先生」作出暗示。

但事情似乎只是不了了之，情況並沒有改善。阿花看不過眼，曾經按捺不住跟古勳起了點衝突，暗示她知道內情並可能會報警云云。結果是，阿花發現有錢人真的可以橫行無忌，憑着人脈關係可以肆意對付任何人。因為開罪了古勳，阿花的家人在事業上連番受挫，狠狠的遭到了警告。為免阿花再惹麻煩，家人遂安排她到外國留學，好讓一家人遠離這一切是非。

阿花不敢再說些什麼，也因為去了外國而將這件事丟淡了。

直到古賢亮失蹤，她才再次關注起事件來。她肯定失蹤事件必定跟古勳有關，但她無憑無據，也害怕再惹麻煩，不得已只好作罷。

結婚生子以後，阿花本已跟這件事毫不相干，直到疫症來臨令香港變成死城，她丈夫的生意大受影響，弄至債臺高築。為了避債，他們一家三口就回到這個孤島，在那間丟空了的度假屋暫住。

那天阿花帶兒子去購物，回程時遇上我。當知道我要前往古勳家之後，她就十分好奇，趁機偷瞥了訪客名單，知道我叫錢文魁。就因為那個「魁」字，她就盯上了我，然後找機會將訊息傳遞給我。

阿花說所知的一切都已經告訴了我，對於古賢亮失蹤案，她真的不能再牽涉進來了。她現在已經自身難保，更別說古勳真的不好惹！

末了她還強調她現任丈夫是個妒忌心和疑心很重的人，絕對不能讓他知道她半夜裡出來「私會」別的男人。所以她真的要回去了，也可能不會再跟我見面傾談。

阿花離去之後，我仍然待在會所裡，透過落地玻璃窗看着漆黑中的潮浪捲起又退去。

「弒父」的主題為何一再出現？古氏父子間到底有何恩怨情仇？

假如阿花所言屬實，古賢亮自小便受到父親精神和肉體上的虐待，他痛恨古勳是不難理解的。

但阿花說他一直有嘗試向我作出求救……

古賢亮的求救對象真的是我？還是Gary？

假如他真的曾經向我暗示過什麼，那是什麼時候的事？他究竟暗示過什麼？

我想起了我們討論小說劇情時，曾經出現過的一段對話——

「要是小黑受到家人一些難以啟齒的、難堪的對待，她要怎麼暗示給阿舞知道呢？」當時古賢亮這樣問我。

「還需要暗示嗎？假如她們真的那麼親密，阿舞怎會不知道？」我想也不想，理所當然地說。

「阿舞本來就比較天真，比較粗枝大葉，沒發覺也很正常。」

「要是真的關心一個人，她們還要是朝夕相對的同學，一定會察覺到身邊人的異常舉動、故意掩飾着什麼，所以一定會留意到的。」那時候的我說得多麼篤定。

「是嗎？」我還記得當時古賢亮臉上，一副欲言又止的表情。

那時候我還在想，是因為他駁斥不了我，所以才出現那種表情，心裡面還沾沾自喜。

原來我真的非常天真、非常粗枝大葉……

※　※　※

我回到古賢亮的房間，打開衣櫃門，找出那件格仔外套。

我將鼻尖湊近衣領，希望能嗅出一絲古賢亮留下的氣息或味道，但領上只剩下樟腦丸的氣味。

我閉上眼把臉貼上衣襟布料，希望能感覺到一絲古賢亮的溫暖——那是一件棉質紅黑色格仔長袖恤衫外套，因為是暖色系和厚質料，看上去感覺已經很溫暖。我知道現在感受得到的暖意，只是我自己的體溫輻射出來所產生的，但我就是自欺欺人地覺得獲得了一絲來自古賢亮的安慰。

古賢亮，你這個笨蛋。

為什麼不直接跟我說？告訴我，原來你一直獨自在面對着家暴問題的困擾？原來你有一個殘忍暴戾的父親？

是因為難以啟齒？因為是男生所以面子放不下來？

我看着打開了門的衣櫃，突然想起一件往事——

因為被臨時拉夫去挖墳埋屍，那晚我倆實在髒得不得了，滿身都是泥。回到這裡以後，古賢亮着我到浴室去洗澡，他就到他父親套房的浴室去洗。

我素來不拘小節，即使比平常骯髒得多，也只用了比平常多一點點的洗澡時間去洗。到我洗好了，一向注重儀容的古賢亮當然還沒有洗好。

那時候其實我對那條狗屍仍猶有餘悸——我又不認識阿黃，對牠既沒感情也無回憶，試問在毫無心理準備之下，看見動物屍體還要挖墳去埋葬牠，誰又會不心驚膽顫？

要不是本着對古賢亮的同情和義氣，我早就落荒而逃了。如今驚魂甫定，我打算對古賢亮作點小報復也不為過吧？

我赤着腳，靜悄悄地來到古勳的房間，看見浴室門關着，聽見裡面仍然傳來水聲——即是說古賢亮仍然在洗澡中。

於是我打開了古勳房間的大衣櫃，躲了進去蹲好，再將櫃門虛掩着。

我緊張又雀躍地靜候着，打算等古賢亮一出來，就跳出來嚇他。那麼我們各自嚇了對方一次，可算扯平了。

水聲靜下來了，古賢亮應該快出來了。

當我一聽到浴室門開啟的聲音，就從衣櫃門縫窺看出去，見到古賢亮一邊擦着滴水的頭髮，一邊走了出來。

「哇——！」我從衣櫃跳出，從古賢亮身後突襲他，一把掩住他的眼睛，以為這是個上佳的惡作劇。

誰知古賢亮尖叫着拚命掙扎，即使我已經放開了手，他仍然縮作一團的抱住自己，好像遇見了最可怕的事，跟剛才在鬼屋廢墟和荒郊墓地那個大膽的古賢亮判若兩人。

「喂。」我被嚇壞了，輕輕拍打他的手臂。

古賢亮仍然在發着抖，我嘗試抱住他以作安慰。

「是我……不是賊，也不是強盜呀。」

古賢亮好像靜了下來，只是靜靜的倚在我懷抱裡。

「你不像這麼膽小嘛……」我還待說個笑話打圓場，古賢亮已一把推開了我，鐵青着臉霍地站了起來。

「人嚇人沒藥醫！」他生氣地留下了一句話，便轉身快步走出去。

那天晚上雖然我們共睡一床，但半句說話也沒有交談過。

氣氛弄得那麼僵，那時候我還怪責他太小氣了。

雖然到了第二天早上，古賢亮又變得像個沒事人一樣，好像這場小衝突從來沒有發生過。

那時候古賢亮的反應是有原因的。也許我的舉動，觸發他想起了一些被虐待的經歷，所以他的反應才那麼大。

原來不對的是我……

我仍然拿着那件格仔外套在發呆，有些什麼在蹭我的腿。我低頭，發現麥高芬也在這兒，也許是我剛才進房時沒為意牠也跟着進來了。

我蹲下，撫了撫牠的毛髮，想起了阿黃——古賢亮號稱曾經是他最好的朋友。

我將麥高芬擁進懷裡，渴求另一個生命給我的溫暖——該要有多寂寞、多絕望，才會把感情都投射到一隻狗身上，並將牠當成最要好的朋友？

我連一頭狗也不如——阿黃尚且可以給予古賢亮安慰和溫暖，我卻無視了他的敏感脆弱，反而激起了他的創傷……

他為什麼仍然跟這麼不體貼的我交朋友？他為什麼不直接臭罵我？

麥高芬卻無視了我的心不在焉，只是熱烈地邀請我撫摸牠。於是我就把牠抱上床，坐下來好好的替他梳理毛髮……

後來古賢亮告訴了我更多他跟阿黃的點滴趣事。

好像每次古賢亮到餐廳去，阿黃總會跟着他然後趴到他腳邊蹭他的腿，只為討東西吃。

好像古賢亮在會所裡只是靜靜的自己待在一角，在看書也好、看電視也好、打遊戲機也好，阿黃都總會找到他，然後靜靜地待在他身邊，跟他一起看書、看電視、看他打遊戲機。

好像每當宴會廳舉行舞會，阿黃總會跟進去，隨着音樂搖擺身體；當小時候的古賢亮也加入時，就變成小狗跟小孩共舞的場面，當時的大人們可津津樂道了許久呢。

在埋葬好阿黃的隔天，我們攜同鮮花和阿黃喜歡的小吃，到了阿黃墳前拜祭。那時候還沒有日落，比起前一天光線充足多了，古賢亮帶我再次進入會所廢墟，只為讓我親身看一遍他跟阿黃過去滿載回憶的地方。

現在回想起來，那好像一場約會……

當時古賢亮就穿着這件紅黑色格仔恤衫外套。

我們在餐廳一角對坐着，旁邊是落地玻璃窗和浪漫的海浪拍岸景色，桌上隆重的鋪蓋着高級桌布，中間還有精緻的小花瓶插着小花。儘管當時我們飲用的只是就地找到的罐裝汽水，但那的確很像一場約會。

尤其在黃昏時份的宴會廳，當我們嬉鬧着說要重演他和阿黃共舞的一幕。

當手機喇叭播放着陳奕迅的《孤獨探戈》時，古賢亮開玩笑說要教我跳探戈。

我的手搭着他的肩，他的手攬住我的腰，另外一隻手交握在一起，雙腳踩着雜亂的舞步，雖然已有點危險的火花，但整體氣氛還算歡鬧。

但當下一首慢歌《失戀太少》播放時，節奏完全變了。我們仍然維持着跳舞的姿態，但卻彷彿只是摟抱在一起原地踏步，那種曖昧的氛圍真讓人受不了……

我倆就那樣摟肩搭膊的，在強烈的心跳聲伴奏下，跳完了那支舞。

那晚我們沒有回到古家大宅。

我們在會所點起蠟燭聊通宵，談小說創作、聊瑣碎趣事，直到我們在二樓會議室的沙發上睡着。矇朧間我好像記得我們曾經相擁着入睡。但當我醒來時，沙發上只剩下我一個人，身上披着那件紅黑色格仔外套。

我還記得當時臉紅的反應——因為實在太那個了，令人聯想起影視作品中，初夜過後，第二天早晨的情形。

那天早上有點清涼，我又不見古賢亮在附近，便穿上了他的外套去找他。

原來他站在落地大玻璃窗前看海。海浪起起落落，怒濤聲不絕於耳。

至今我仍然記得那個沉思的背影。

當時你在想什麼？

十六歲的我只被少男情懷沖昏頭腦，以為你也是滿腦子只有愛情煩惱。

但原來不是。

為何我竟會如此幼稚，以致錯失了那許多你原本想告訴我的說話？

我們聊得最多的是什麼？天昏地暗沒日沒夜的談論了些什麼？

我突然恍然大悟——

我必須重頭細看一次我們兩個人的心血結晶：《黑暗中起舞》。

※ ※ ※

當你有了一個大概想法後，必須找到實質證據作支持，才算是找到了真相，否則一切只是一個假說。

試想像，假如我有一個喪心病狂的父親，我會把祕密藏在哪裡？

我相信古賢亮手上藏有古動的罪證，而我必須要找出來。

當古賢亮連日記本也收藏得如此隱密，卻仍然擔心會被古動找到而將裡面最重要的部分燒毀，其他的證據一定會存放在更祕密的地方。

會是哪裡呢？

我在古賢亮的房間展開了地毯式搜索。

在那個小小房間內搜尋證據，花上了比我想像要多得多的時間。因為每一樣屬於古賢亮的東西都教我流連忘返。他衣櫃裡每一件衣物、盒子裡收納的每一件雜物、書櫃上的每一本書每一本簿……

我找到了幾本他的照相簿，逐張逐張照片的仔細看，看了許久。小時候的古賢亮很可愛，也有他跟阿黃的合照，甚至連他們共舞的照片也被拍攝下來。從照相簿可見他自小隨國際知名的父親周遊列國，去過很多國家。也可見他換了許多套校服，轉了許多次校。

但古勳一直住在香港，古賢亮為什麼要頻繁轉校？我推測那是古勳操縱古賢亮的手段，因為轉校生很難在新環境迅速交上朋友，這讓古賢亮無法跟朋輩建立深厚關係，令他更難尋求外界幫助。

古勳這個卑鄙的控制狂。

但也因為這樣，古賢亮才會轉校到我的中學去，然後我們才會認識。

然後我翻到照相簿的一頁，怔住了。我發現了 Gary，那個身材高大皮膚黝黑的男生。

Gary 是真有其人，並不是古勳杜撰出來的，也不只是汪黛莉電腦合成幾張假照片來騙我。

照片中 Gary 跟古賢亮正在看似東南亞小鎮的地方逛夜市、吃海鮮。

他們在海灘玩降落傘，玩得不亦樂乎。

然後是那幾張眼熟的照片，在一個度假勝地似的有陽光海灘的地方，二人並肩談笑着，氣氛曖昧。

——但那只是照片的一角，局部被強行放大了。所以照片質素才會像遠距離偷拍那麼粗劣。所以他們才沒有望鏡頭。

原本的照片，相中尚有其他人，包括古勳。

很明顯那是一輯旅遊照片，而去旅行的人並不止古賢亮和Gary，還有古勳和他的親友。

連同之後幾頁的照片來看，旅行團員該以古勳的親友為主，古勳帶着兒子同去，被稱為「Gary」的男生則似乎是一位胖太太的兒子。由於團中只得兩個少年人，他們結伴較多也是理所當然的。但綜觀全輯旅遊照片，古賢亮跟「Gary」並沒有特別親近，那幾張看似曖昧的姿態也只是角度使然，並沒有顯示二人為情侶的證據。

更何況古勳一直在二人身邊。假如古勳真的抗拒同性戀，他絕不會容許兒子在自己身邊跟男生搞曖昧。全輯照片都沒發現古勳對「Gary」有所抗拒，即使在那幾張姿態曖昧的照片裡也沒有。

然後我看完了古賢亮房間裡的所有照相簿，「Gary」並沒有再出現。「Gary」唯一只在那輯旅遊照片中出現過，可見「Gary」跟古賢亮並無私交，他們只是在一個旅行團中相遇，連同大夥兒一同遊玩了一趟。

「Gary」並不是古賢亮的情人。

「Gary」是古勳和汪黛莉虛構出來的「古賢亮的男朋友」，目的是以「私奔」交代古賢亮的去向，阻止我當年繼續尋根究底。

那麼「古賢亮失蹤案」就是由頭到尾都沒有解決過的一宗懸案，原來我從來都不知道謎底。

那麼古勳和汪黛莉也不知道古賢亮的去向嗎？抑或他們知道，但只是為了誤導我，才拋出來一個假的真相？

假如古勳和汪黛莉當年是同謀，十七年後，汪黛莉忽然站到我這邊來，跟我合作欺騙古勳就十分奇怪，尤其她並沒有告知過我十七年前的真相。

那麼唯一的解釋是，這次「古勳登報尋子」一事也是虛構的。

但他們有需要勞師動眾，又登報又面試的搞一場大龍鳳，就為了騙我嗎？慢着，也許他們根本沒有。

既然汪黛莉可以替我偽造我和古勳的《DNA親子鑑証測試報告》，當年那個古勳委托私家偵探社調查古賢亮失蹤事件的調查報告也一定是偽造的。同理，刊登在報紙上的「尋人啟示」，或許也是子虛烏有。

我還記得「尋人啟示」刊登的日期是二〇二〇年一月十二日，還有汪黛莉展示過哪幾份香港的知名報章給我看。我逐一致電那幾份報紙，詢問那個日子有沒有刊登過那個「尋人啟示」。

沒有。

大作家古勳尋找失蹤兒子一事，假如真的有許多人前來冒認，網上必然會有人談論，甚至會有不爽落選了的人上網抱怨。但當我搜尋這件事，一個相關結果也沒有。

果然，一切都是假的。

當初古勳沒有在社交媒體上尋人，我就應該起疑。汪黛莉說因為古勳是舊一代的老派人物，才會想在傳統媒體刊登廣告。簡直胡說八道。事實上古勳是個從不落伍的新潮人物，由他的創作可知，他的想法新穎大膽，敢於突破，他的小說才會長青至今，亦多年來不斷被多國翻譯、再版及改編作影視作品，獲得包括年青讀者在內的粉絲喜愛。

在傳統紙媒刊登「尋人啟示」，汪黛莉指可以方便撈油水，實際上是為了方便做假。她利用我人在臺灣的便利，知道我不可能知道當日的香港報紙到底有沒有刊登過這篇「尋人啟示」，於是只要每份報紙偽造一張「尋人啟示」，就可以欺騙我那是真的，卻不知道看得見這份「尋人啟示」的讀者原來只得我一個。

至於有許多冒認者這個講法，我由始至終只是通過兩個人得知——就是古勳和汪黛莉。

換言之，這一切都是古勳和汪黛莉兩個人編出來騙我的。

為什麼他們要騙我回香港？他們當年到底對古賢亮幹了什麼？古賢亮如今身在何方？

我焦急又徬徨。但我知道我要冷靜。事到如今我必須要面對和解決這一切，這涉及到古賢亮的安危，也牽連到我本身的安危了。

我繼續搜尋房間裡的每一寸，希望古賢亮有留下點什麼線索給我。

古賢亮，為了我們，你要幫我啊——

當我心裡正如此祈求着的當兒，我敲到一塊空心的地磚。我再敲敲看，那的確跟旁邊的其他地磚的聲音不一樣。那下面一定藏着些什麼。

我的心跳得飛快，急忙想要拿起那塊地磚，但手忙腳亂的不得要領。

冷靜，我要冷靜。

深呼吸數下，我找來了一把開信刀作幫手，來助我撬起那塊地磚。嗖的一聲，地磚滑開了。下面挖了一個淺淺的地洞，藏着一個長方形的糖果鐵盒。

我想要的證據都在這兒了。

藏得這麼隱蔽，裡面的證據應該很有份量。

我小心翼翼的將糖果鐵盒取出，放在地上。手顫抖着，緩緩的揭開了那個盒蓋——

我的呼吸停止了。

冷靜，我要冷靜。絕不能昏倒在這兒。

那根本不是什麼犯罪證據。

半點也不是。

但我熱淚盈眶，無法自已。

地板下，古賢亮珍而重之埋藏着的，都是他從不同渠道搜集回來的、屬於我的物件——我某次玩排球時斷掉的手繩、一塊寫有我姓名學號的舊橡皮擦、我們參加學校歌唱比賽時練歌用的ＭＤ錄音碟片，還有一張從舊學生手冊撕下來的我的學生照片……

我將那張上面寫有「喜歡你—Singing Contest」標籤的ＭＤ錄音碟片取出，放進糖果鐵盒內一併收藏的一部MD機內，戴上耳機，按播放鍵。

沒有反應。這是當然的，這麼多年過去，MD機早已沒電了。

我打開充電池的位置，裡面是空的——古賢亮就是這麼細心，他知道電池放太久不用會漏電弄壞機械，所以一早將電池取出。

幸好還有放置普通電池的外接電池盒。我將鬧鐘背後的兩顆電池取下，安裝進去——現在有電了。

我按下播放鍵。

耳邊傳來十六歲的我們，在你伴奏的琴聲下，唱着《喜歡你》的歌聲……

細雨帶風濕透黃昏的街道
抹去雨水雙眼無故地仰望
望向孤單的晚燈　是那傷感的記憶
再次泛起心裡無數的思念
以往片刻歡笑仍掛在臉上
願你此刻可會知　是我衷心的說聲

喜歡你
那雙眼動人　笑聲更迷人
願再可
輕撫你那可愛面容
挽手說夢話
像昨天　你共我

我掩着自己的嘴，否則我的哭聲恐怕會驚動同住的古勳。
但我哭得肺都快要掉出來了。

※　※　※

古賢亮並沒有藏起任何犯罪證據。
又或者，只是不在這裡。
他過去必定曾經告訴過我什麼，也許用了很迂迴的方法，但一定有的。

我需要一個幫手，能想到的人選，只有我自己的女兒。

於是我按下了LINE的視訊通話按鈕。

「嗨，爹哋，你到哪兒去了？」幸好馬上接通了。芷茵就在她自己的書桌前，似乎在一邊吃零食一邊看漫畫。「哎呀，怎麼眼睛紅紅的？」

「沒什麼，睡得不好吧了。」

「是嗎？」

「芷茵，妳現在有空嗎？」

「有呀，閒得很。你一個人去旅行了嗎？媽咪說你離開臺灣了，所以我都不能到你那兒度週末。現在還能出國去旅遊嗎？怎麼不帶上我？悶死人了！」看來芷茵真的悶得發慌。

「爹哋是去香港公幹喇。而且現在還在十四天隔離檢疫中，什麼地方都不能去。」

「噢——這樣呀。」她很失望的樣子。

「聽我說，我急需妳的幫忙。」

「嗄？」芷茵睜大眼睛，很興奮的樣子。「有任務交給我？要不要瞞着媽咪？」

她是把這當成特務遊戲了嗎？

「要，千萬別告訴她。」女兒真知我的心意。
「好的。」
「記着這只是我和妳之間的祕密。」
「沒問題。」芷茵笑眯眯的，好像覺得很好玩。「要做什麼？」
「聽着，我需要你到我家裡去，替我拍幾張照片。」
「拍照片？」

※ ※ ※

幾個小時之後，芷茵將照片傳送過來，就是那幾張古賢亮從外地寄給我的名畫明信片，還有那張唱片封套。

我用「以圖搜尋」的功能，在網上試圖找尋這堆圖像背後隱藏着什麼意思。

那張封面令我想起骨頭先生的唱片，是Nirvana的《Incesticide》。我記得當年查過字典，還以為「Incesticide」是「殺蟲劑」的意思。現在才發現是搞錯了「Incesticide」和「insecticide」兩個字，「insecticide」才是「殺蟲劑」。

那麼「Incesticide」是什麼意思？好像根本沒有這個英文字。

然後我發現有這張唱片寄賣的中文網站，都將「Nirvana」譯作「超脫合唱團」，「Incesticide」譯作「亂倫狀態」。

哦，我知道了──「Incest」是「亂倫」的意思。

令我震驚的是，原來那幾張明信片的內容，統統都跟「亂倫」有關。

第一張是收藏於美國德克薩斯州達拉斯藝術博物館，於一七八八年由吉恩・安托萬・提奧多・吉勞斯特繪畫的油畫《伊底帕斯在柯隆納斯》。就是弗洛伊德「伊底帕斯情意結」由來的那個故事。伊底帕斯是希臘神話中忒拜的國王，他在不知情之下，殺了自己的父親，娶了自己的母親。當他知道真相之後，悲憤莫名的刺瞎了自己雙眼再自我放逐。

第二張收藏於荷蘭阿姆斯特丹國家博物館內，是亨德里克・霍爾奇尼斯繪於一六一六年的油畫作品《羅得和他的女兒們》。畫作中羅得正被兩個女兒色誘，而索多瑪和蛾摩拉兩個罪惡之城正在背景中遭受天火焚燬。在《聖經》故事中，羅得的兩個女兒為了替父親傳宗接代，接連兩晚灌醉了羅得，然後與他做愛。

第三張收藏於德國科隆的瓦爾拉夫里夏茨博物館，是揚・斯特恩約於一六六一至一六七〇年繪畫的《暗嫩與他瑪》。也是記載於《聖經》裡的故事，大衛王的長子暗嫩強姦了同父異母的妹妹他瑪，結果兩年後押沙龍為了替妹妹復仇，在宴會中派僕人將暗嫩殺死。

「亂倫」的主題一再重複出現。

古家就只有古賢亮和古勳父子兩人。眾所周知，古賢亮是古勳的獨生子，即是說古賢亮並沒有兄弟姊妹。至於古賢亮的母親，從沒聽他提及過，家裡也沒有半點她存在過的痕跡，連照片也沒有一張，彷彿就從來沒有這個人。

古賢亮三番四次向我展示有關「亂倫」的作品，他鍾情「弒父」的題材，還有阿花聽到由古家傳出的怪聲，以及古賢亮身上出現的瘀傷和牙齒印……

一陣噁心的感覺突然湧上胸口，我掩着嘴，胃裡突然翻滾得厲害，然後我衝進廁所將剛剛吃下的東西全部一股腦兒的嘔了出來，彷彿要把心肝都一塊兒嘔出，吐到汙穢不堪的一潭髒水裡去。

※　※　※

連上天也知道我跟古勳的正面交鋒是免不了的，好天氣跟藍天白雲都失去了蹤影，天色陰沉了下來，一副山雨欲來的感覺。

我心中仍有未解的謎，需要時間去思索。

手上也尚有資料需要去整理。

這時候，叮的一聲，手機又再傳來一張新照片。

我打開一看，頓時呆住了。

芷茵寄來的照片是她的體檢報告，她寫道：

「爹哋，我的體檢報告出來了，原來我的血型是B型！我知道媽咪是O型，爹哋你是什麼血型？

——分析：A型喜好平靜；B型個性爽朗；O型理智現實；AB型反覆無常。」

※　※　※

天氣開始變壞，即使仍是下午三點鐘，窗外白晝已形同黑夜，且下起了傾盆大雨。

當我拿着公文袋步出客廳，古勳便對我說：

「看完《黑暗中起舞》了嗎？」

他正安坐在沙發旁撫弄着腿上的愛倫坡，麥高芬則乖乖地伏在他腳邊睡懶覺。

「看完了。」我在沙發上坐下。

「有什麼新發現？」

「挺多的。」

「哈哈哈，好。一邊喝茶一邊跟我談談。」古勳端起小几上的茶壺，替我倆都斟滿了茶杯。

「你對我這本小說有什麼評價？」我看着他。「不如先談談當年一推出市場時，你的反應？還有現在回看，感受又有沒有什麼不同呢？」

「當時我很自豪呀，我兒子創作出了如此了不起的故事。」古勳呷了口茶。「我到現在仍然很自豪。」

「沒有擔心過小說影射出了什麼現實中的情況嗎？」

「我以為那是純創作？」他故作懵懂地問。「有影射什麼現實嗎？」

「譬如說，書中主角是同性戀，你兒子也是同性戀。」

古勳聽罷哈哈大笑。「書中主角是兩個女生，我兒子可是個男的。」他面帶俏皮神色。「難道你想暗示，說自己有性別認同障礙、做了變性手術那個『丹麥女孩』，才是我的兒子？」

為了表現得鎮靜一點，我呷了口茶。

「那是本歌頌『弒父』的犯罪小說，你做為作者的父親，不會覺得不安嗎？」

「怎麼會？」古勳樂開懷。「這世界有樣東西叫創作自由呀！難道我寫妓女故事我就做過妓女？我寫外星人故事我就見過外星人？我覺得沒有什麼想得出來的東西是不能寫的。有這個膽量，才可以做創作人。」

「那你對於書中主角殺父的原因有什麼看法？」

「那個胖子該死呀。他只是社會的渣滓、寄生蟲，人生的魯蛇，即使生存世上也對社會毫無貢獻。」

「但他不是因為這個原因被殺的。」我再呷了口茶，然後盯着古勳，一字一頓地說。「他是因為長期虐待和性侵犯自己的親生女兒，所以才遭到自己的女兒報復。」

古勳靜靜地看着我，面無表情——完全猜不透他在想什麼。

「所以呢？」

「你猜作者也有同樣的心理嗎？」

「怎麼樣的心理？」

「因為擁有一個滅絕人性的父親，所以想要復仇。」

「你那個形容詞用錯了。」

「哪一個？滅絕人性？」

「我一向是個慈愛的父親。」古勳說得面不改容，眼也沒眨一下。「我們是相愛的——我跟亮。」

「啥？」我瞪大眼難以置信地看着他。

「我深愛我的兒子。」看他佝僂着身體專注地撫摸着膝上貓咪的老態，我感到噁心。

「深愛得在他身上留下累累傷痕？」我嘲諷地說。

「那些都是愛痕。」古勳不屑地斜睨着我。「是情到濃時在愛人身上留下的咬痕、吻痕。」

「那是你的兒子！」

「相愛的人就可以做那些事情。」

「那叫亂倫。」

古勳冷笑一聲，好像在嘲笑他眼中俗不可耐的俗世倫理規範。

「自願的才叫相愛，被迫的叫性侵、強姦！」我再一次強調。

「你有任何證據證明那是不自願的嗎？」

「古賢亮討厭你，討厭得離家出走了十七年，那還算是自願嗎？」我瞇着眼，用鄙視的目光盯着那老怪物。

「你現在不是回來了嗎？」他笑嘻嘻地恬不知羞。

「你明知道我不是古賢亮。」

「嗄？你不是嗎？」古勳裝模作樣地故作吃驚狀。「我們明明驗過DNA的呀！」愛倫坡也被他那誇張的演技嚇跑了，嗖的跑到不知哪裡去。

「那是假的，正如你的尋人啟示也是假的。」

「真的假的？」他裝瘋賣傻。

「這份倒是真的。」我把公文袋遞到他面前。

「這是什麼？」古勳取出內裡的文件，看過究竟。

「這份是我從你書房找到的、你的醫學報告，除了驗明你有腦瘤，還列明了你的血型是AB型。」

「所以呢？」古勳皺起眉頭，不明所以地看着我。

我給他看我的手機畫面。

「這份是我女兒汪芷茵的體檢報告，她的血型是B型。」我木無表情地看着他。

「我自己和我前妻的血型都是O型。根據遺傳學規律，父母都是O型，誕下的子女只會是O型。然而父母是O型加AB型的話，子女就有可能是A型或B型。」

「上生物課嗎？」

「你跟汪黛莉合謀騙了我一輩子，包括古賢亮的失蹤原因，包括我女兒原來不是我女兒。」我說。

「你女兒關我什麼事？」古勳笑問。

「我不是喜歡探聽是非八卦那類人，所以從別人口中聽到了什麼流言蜚語都只當沒聽見。可原來空穴來風未必無因，那些傳聞原來是真的——」

「什麼傳聞？」

「說你的編輯小姐汪黛莉有喜歡勾引人夫的癖好，特別喜歡那種偷情的刺激和搶奪別人所有物的挑戰感。」我看着他。「她一邊角色扮演着好妻子好媽媽，一邊繼續跟你鬼混，那一定比單純當你的情婦更好玩更合她心意？」

「你遺漏了最重要的一點——要將一對兩小無猜的同性小情侶拆散，讓喜歡男生的你愛上她這個大姐姐，那才是最高難度的挑戰、最對她口味的部分吧？」

「你算是間接承認了芷茵是你跟汪黛莉的女兒？」我憤恨極了。「你可知道芷茵是我下半生唯一的希望？你們毀了我的上半生，連我的下半生也要毀了？」

「上半生也算到我們頭上來嗎？呵呵，原聞其詳。」

「你們除了千方百計阻止我找古賢亮，也用盡方法想我不能寫作。首先用美人計打探我的創作進度，再誘惑我沉迷色慾荒廢創作。然後引導我離開香港以遠離香港的出版界，用妻兒生計綁住我使我分身不暇。當我真的嘗試創作時，就利用汪黛莉的編輯權威打擊我的自信，讓我覺得自己寫的都是垃圾而最後放棄寫作。因為你們害怕我一旦在出版界闖出名堂，便會知道你們的關係，識破你們幹的好事。你們只是利用我是行外人這點來肆意糊弄我。」我沉痛地訴說着。「我一生都被你們兩個誤導了——汪黛莉只是你放在我身邊監視和操控我的工具，為了拆散我和古賢亮，你們借出版新書抹走我的署名一事從中挑撥離間，目的是為了讓我放棄調查真相，以掩飾你對古賢亮做過的過分行為！」

「哈哈哈哈，你花了七天，破解了自己相信了十七年的大話？」古勳笑說。「真有夠遲鈍的。」

「古賢亮到底到哪裡去了？」我突然感到一種噁心的感覺。「你騙我到這兒來的目的是什麼？」

「你知道我是誰嗎？」

「你是……古勳？」我開始感到頭重腳輕。

「我是上帝，我是造物主。」古勳突然挺直身子，從輪椅上站了起來。「我創造了世界，我操控所有人的命運。」

我抬頭看着剎那間高大年輕了許多的古勳，萬分訝異，卻說不出話來。

「我說有光，便有光。」我看着古勳把那片混濁的薄膜從眼球摘下來——所謂眼疾只是隱形眼鏡的特技化妝效果，他的雙眼清晰無比、居高臨下地睥睨着我。

「花了七天，便為你創造了一個新世界——」

我的視線卻模糊起來，手腳酥軟乏力，舌頭也腫起來了。

「這份醫學報告也是假的。」他拿着我剛才遞給他的文件揚了揚。「我根本沒有病。」

我眼中的古勳只餘下一個朦朧的身影。

「怪只怪你財迷心竅，竟想將十七年前的舊事挖出來賣錢——只有死人，才不會不識趣地舊事重提，惹人注目……」

接着我倒在地上，陷入了完全的漆黑和寂靜之中。

第五章　骨頭

我無意識地晃動着，好像身後有股什麼力量在驅使我身不由己地顛簸起來，但仍處於半昏迷狀態的我無法搞清楚實際情況。我甚至連眼皮也無法睜開，只是感到一種不適的脹滿感，然後我又昏了過去……

※　※　※

當我再一次嘗試張開雙眼，我發現身處之地很昏暗，眼前沒有窗，是個陌生的房間。感官開始恢復知覺，逐漸感覺到渾身麻痺酸軟，然後是劇烈的疼痛從下身傳來——由身體內部感到撕裂的痛楚，由那個難以像想的部位傳來……

我霍地睜大眼，才發現自己赤身露體地俯伏在一張大床上，雙手被綁到床柱上。

是那杯茶被下了藥。當我醒悟過來時，一切都已經太遲。

「你要做古賢亮的話，這就是古賢亮過的生活。」

霎時間闖入的光刺痛了我的雙眼，令我睜不開眼來。到我瞇着眼適應了光線，我看見身穿晨褸的古勳托着餐盤走進來。

他身後是一道書櫃模樣的門，骨頭先生就坐在門前看着我，它已經把口罩拿掉，好像在嘲笑我落得如此下場的樣子。剎那間我明白過來，這是位於書房背後的密室，其中一個書櫃便是密室的門，如今門打開了，所以我可以看見外面是古勳的書房。

「惡魔。」我喉嚨乾啞得差一點發不出聲音。

「你的午餐。」他將食物擱在床上，好像餵狗的樣子。

午餐——即是說我已經昏迷了多久？

「今天是美姐前來的日子？」我懷着一絲向外求救的盼望。

「美姐原定前天來的。但因為天氣惡劣風浪太大，來往長洲公眾碼頭至我們山莊的渡輪航線暫停，所以她沒法來。」古勳笑笑說。觀察所得，他身上除了鬆鬆的罩了件晨褸，底下什麼也沒有。「她打電話來告假時，我叫她下星期才來好了，這個星期就取消吧。」

我感到絕望。

「你已經接近兩天沒有東西下肚，不餓嗎？」他把托盤推近到我面前，上面放有一碟肉醬意大利麵、一盤布丁和一杯水。

我雙手被綁住，要吃就得像狗那樣吃。我對他怒目而視。

「要我像對麥高芬那樣對你，才肯進食嗎？」古勳坐到床邊來，伸手撫摸我的頭髮，然後噁心的手指像蜘蛛般爬過我的脊椎，令人毛骨悚然。

「你就是這樣對待你的親兒子？」我含着眼淚，想到古賢亮背後竟背負着這麼沉重的祕密，卻在我面前沒有洩漏過一點風聲。

「還不止呢……」他的手指一直往下掃、往下掃。

「快住手——」我閉上眼，跌出了淚水。

「很期待吧？」古勳嘻笑着，手停在了我的臀部。「可我畢竟年紀大了，不應期長了，你要對我有點耐性啊。」

「快拿開你的臭手……」我用盡全力呼叫，只喊出嘶啞破碎的聲音。

「快點吃飯吧，不然沒有精力繼續下一回合呀。」他輕佻地拍了拍我的屁股，站了起來。

「去你媽的！」我咬牙切齒的吐出了這一句。

「看你反應多麼熱烈？畢竟還是壯年啊。」古勳讚嘆道。「先讓你冷靜一下吧。」說罷他便出去了。

門被關上，這裡變回一間密室。

「操。」我無奈閉目，不知道自己怎麼會搞成這個樣子。

不，其實我心知肚明——我這一輩子，都毀在我的粗心大意，以致錯過了一切線索，被人操控也不知道，結果一輩子任人擺布。

「嗚——」突如其來的悲鳴聲，嚇了我一跳。

還有誰在這個密室之中？

深沉的恐懼與一絲希冀同時湧上心頭——會不會是古賢亮？難道說，他在失蹤的十七年裡，一直被囚禁在這個密室當中？那會是多麼可怕的遭遇……但至少他還活着！

我瞧瞧自己，實在不想現在這個模樣被古賢亮看見。

但古賢亮又何嘗不是因為同樣的原因，以致一直以來對我三緘其口，也一直抑壓着自己對我的感情？

我打算豁出去了。

「古賢亮？」我輕聲呼喚。

沒有回應。

「古賢亮，是不是你？」我再次問道。

「嗚——」又一聲悲鳴，這次聲源更近了。

「過來，讓我看看你……」我懇求着——我現在的姿勢，根本無法看見身後的情況。

又陷入一片沉寂。

「古賢亮？」我再次呼喚，然後我看見跟前的食物。「你吃東西了嗎？這裡有吃的啊。」

終於有了動靜，然後什麼東西霍地撲上床來——

天，原來是麥高芬。牠聽見「吃的」就有了反應，興奮莫名地對着我的午餐搖頭擺尾。

我嘆息一聲，知道希望又再一次落空。

麥高芬是從什麼時候開始這麼喜歡黏着我？這次竟然連密室都跟進來了。

我以為饞嘴的麥高芬會馬上將我的午餐吃得一乾二淨。誰知牠只是乖巧地看着我，彷彿在等候我的批准。

狗果然是人類的好朋友。

於是我心生一計——我用口將帶着肉醬的意粉叼到把我的右手綁在床柱的麻繩上，然後示意麥高芬去吃。當麥高芬咀嚼食物時，就會連同那條麻繩一起咀嚼，順道幫我咬斷那條麻繩。

我重複這把戲多次，直到右邊的繩子被狗牙磨損得七七八八了，我一用力便將麻繩扯斷。

我在左邊的繩子重施故技，意粉吃完了便加上布甸，而在等待的當兒，缺水的我骨碌骨碌的喝掉了那杯水。到麥高芬把我的午餐都享用完，繩子都斷開了，我已經回復自由——我才注意到，雖然身無寸縷，那條該死的電子追蹤手環仍在我的手腕上。

我急需找到衣服穿上，然後逃出這個鬼地方。但該死的，這個密室內別說是衣服，就連一條毛巾也沒有，大床上也只得床褥並沒有任何床單或被子。

古動真夠絕——沒相干，我就光着身子出去好了。

一走動起來，傷口便疼痛得更加厲害，害我的步姿古怪極了。然而我推不動那扇門。想來它一定暗藏着機關，否則在書房那邊胡亂推一推書櫃，便會發現這裡頭有一個密室了。

我在門邊摸索着，沒有任何可以推拉或轉動的地方。然後我注意到那附近的牆壁鑲有一面鏡子。

我以為那塊鏡是鑲嵌在牆上的。但原來不是，鏡子四角的釘只是偽裝，輕輕一撥就可以托起鏡子，鏡子原來掩蓋住牆上的一個洞，而洞外那一層則有兩個小孔——我從小孔看出去，剛好是兩隻眼的位置，可以清晰看見書房內的情況。

我想那兩個小孔就是書房那個樣貌猙獰的面具的兩個眼洞。即是說那個面具就是開關。我用行動證明了自己的想法——將面具推出去，門就開了；從外面將面具推回去，門就關上。

書房裡沒有人。我逃出來了，一時間卻不知該怎麼做好。

我茫然四顧，竟在書桌上發現自己的手機。我忙不迭拿起手機，因為太緊張手有點抖，差點將手機摔在地上。我要馬上聯絡外界，說我被人禁錮強暴，說我……

沒有訊號。

不論是打電話，抑或上網，都完全沒有訊號。

我衝到窗前拉起百葉簾——外面正值昏天黑地風雨交加，狂風怒吼着，海面捲起滔天巨浪，一派末日景象……

對，我記起來了——天氣惡劣，渡輪航線暫停，所以美姐這星期不來。

我正身處一個與世隔絕的孤島。這裡只要遇上颱風，就沒有船離開。因為地點偏遠，手機訊號本就接收不佳，加上壞天氣就完全跟外面失去聯絡了。

無法用數據上網，我改用 Wi-Fi 連線，我記得古動書房裡就有個無線路由器連接了光纖寬頻。

沒有 Wi-Fi。

檢查過後，我發現路由器及上網線都被破壞了，固網電話線也被切斷。暴風雨，孤島，對外交通和通訊斷絕——完美的犯罪地點。

我身無寸縷的呆站着，不知所措。

我看着骨頭先生——骨頭先生，我該怎麼辦了？

骨頭先生就那樣看着我，正好提醒我它身上就有我急需的衣服。我將它身上的衣褲匆匆脫下，穿到自己身上，只是褲腳要摺起來，上衣有點寬寬的，就像我穿上了古賢亮衣服的感覺。

我一愣——這套衣褲的確有點眼熟，很像古賢亮會穿的款式。古動怎麼會那麼惡趣味，給骨頭先生穿上失蹤兒子的衣物？

我再看骨頭先生一眼——

它的樣子像在笑。

它的樣子好像不一樣了……

十七年前，放在這兒那副骨頭，牙齒很齊整，似是人工製作的模型。

現在這位骨頭先生，牙齒的形狀有點自然的參差不齊，就像沒有接受過矯齒療程的一般人那樣，特別是犬齒的形狀，讓我想起……

——古賢亮。

我激動得有點換氣過度，連忙控制住自己的胡思亂想，囑咐自己要冷靜下來。

那是不可能的，不——可——能——

唯一可以確定的，是古賢亮的左腳膝蓋曾經骨折，植入過兩根鋼釘……

低頭一看，那兩根鋼釘就在骨頭先生膝蓋上。

那是真的人骨標本……

我霎時眼前一黑，昏倒過去。

※　※　※

當我醒過來時，發現自己又被綁回床上去了。不過這次好一點，我仍然穿着衣服，倚着床頭坐着而不是趴着，雙手被綁在身後。

古勳也穿着他的日常裝束，正端了張椅子坐在床前看着我，手上抱住愛倫坡在撫摸。

「瞧你幹的好事，弄得多髒。」古勳皺起眉頭鄙視着我，示意我看向已被丟棄在地上、滿是肉醬的床褥。「大好的興致都給你破壞了。」

我馬上想起自己當前的處境，以及昏倒前發現的事實，隨即又變得激動起來，拚命掙扎但卻始終掙不脫。

「你……你殺了他！」我仇視着古勳。「古賢亮他已經……死了。」

古勳啪、啪、啪的鼓起掌來，純為諷刺我。

「很棒的推理能力——」他譏諷的笑容讓我作嘔。「花了十七年獲得一個傻子也該想得出來的答案。即使在法律上來說，一個人失蹤滿七年，就已經可以宣告死亡。」

「你這個喪心病狂的……」我說不出父親兩個字。「——惡魔！」

「說得我好像毫不傷心似的。」古勳一臉貓哭老鼠的偽善。

「你根本毫無人性。」

「那是我的兒子，我也不想失去他。你想想看，即使是一件玩具，玩久了也會有感情，一天不到無可挽回的境地，也不會想丟掉呀。」

「他不是你的玩具，他是個人……」

「亮原本多乖巧，多聽話。」古動突然投來哀怨的目光，彷彿我才是罪魁禍首。

「都怪你──自從他認識你以後，就變壞了，變得反叛，不再聽爸爸說話。」

「你這個死變態，強姦犯！」我不斷向他吐口水。

「瞧你多沒教養，都不知道亮為什麼會喜歡你這種野孩子、垃圾一般的廢物！他原本被我調教得多麼彬彬有禮，多麼有學養，跟你根本不是一個層次。」

他說中了我的痛處，讓我靜了下來。

「你也默認我是對的。」古動展示勝利的笑容。

「即使我是垃圾，也總比你這個變態好。」

「我供他讀最好的學校，讓他住最好的房子、穿最好的衣服。我知道他有天賦才華，花資源去好好栽培，讓他無論在學業、琴藝、寫作範疇，都成為出類拔萃的人才。我還有廣闊人脈，可以在各個領域提拔他、幫助他。我這種爸爸還不是最好的？我不知道什麼叫好了。」

「你虐待和性侵犯他。」

「我沒有。」古動斷然否認。

「你這個變態不久前才強暴了我，你還要撒謊欺騙誰？」

「我告訴過你，亮身上那些所謂『傷勢』只是『愛痕』，我跟亮是兩情相悅的。」

「假如是真的話，他就不會反抗你，不會被你殺掉！」

「都怪你——」古勳瞪着我。「你讓他整個人都變了，跟我的乖孩子亮已經不是同一個人。」

古勳說着站了起來。

我警戒地往後退，卻發現身後已是牆壁。我不知他下一步想要幹什麼瘋狂的事，所以只能死命的盯着他。

古勳卻走到旁邊的木櫃去，指着人手刻在上面的刻度——那裡斑斑駁駁的、由低至高刻劃了許多條橫線，數數看可能有幾十道刻痕，最低的不到一米高，最高的似乎就是一個男子的身高。

「看，我們愛的見證都刻在這兒了。」古勳愛惜地撫摸着上面的刻度。「我的亮，由第一次接受我『愛的教導』以來，已經長高了多少？」他比劃着刻度，由矮至高，看來那是古賢亮從小到大的量高記錄。「每次他犯了錯，我都會帶他到這兒，悉心『教導』他——亮才會成為如此優秀的孩子。」古勳的眼神閃亮着，像回憶起什麼了不起的、令他自豪的事情。

我看着最低的那道刻痕——看那身高，那時候的古賢亮，不會超過六歲。

「你怎樣……『教導』他？」那太殘忍了，以致我不敢相信，仍要再確認一次。

「我們解除所有世俗的束縛，用最原始的方式，赤裸裸的用心交流。」古勳真誠的按着自己的胸口。「就像我們剛才那樣子。」

我的胃部又痙攣起來，強行壓抑着想要嘔吐的感覺，淚水卻湧進了眼眶。

「你怎……麼……幹得下手？那……時候他……還只是個……小孩？」

古勳看着我哽咽的反應，感到莫名其妙。

「那很湊效啊。因為那是我親身試驗過，覺得管用才會對他做的。」

我難以置信地睜大眼。

古勳撫摸着我身下的床板，墮進了文革時期的回憶……

※　※　※

古勳說，那是個大家都睡硬床板的年代。

那時候古勳九歲。當時居住的村子，食物都由人民公社統一分發，但每個人都餓着肚子，因為分配回來的食物根本不夠。

他說懂算術的人都會計算，是因為跟你一起分食物的人太多了——你的家人、同學、師長、兄弟姊妹太多，食物才會不夠分。

只要人數變少，自己分到的食物就會變多。

於是古動寫了封檢舉信塞進軍代表宿舍的門縫。第二天，跟他爭食物的人果然變少了。

後來古動又舉報了好些人。學他的人越來越多，村裡的人掀起了互相批鬥的風氣，古動還跟隨大隊去抄了兩個同學的家。

但古動發覺在這種混亂的風氣下，他非但撿不了便宜，還隨時風向一轉會危及自身，不知何日自己也會成為被批鬥的一員。

為了逃離這種混亂，年少老成的古動偽裝成初中生，混進紅衛兵隊伍，到北京參加「全國大串聯」。他知道北京是全國的核心，可能有機會認識到大人物，從而往上爬掌握更多權力。

但像古動那樣年少氣盛、急欲上位的年輕人比比皆是，文革期間的紅衛兵數量可有數千萬人。單計毛澤東先後八次在北京接見的、來自全國各地的師生和紅衛兵，也有一千三百萬人。

古動想要的機會並沒有降臨。

一九六七年八月，毛澤東號召「就地鬧革命」，串聯活動結束，紅衛兵被打發去「上山下鄉」接受改造。古勳不想回到鄉下，當時在北京唯一找到的救生圈只有Mark。

Mark 是隨外國訪問團來華的美籍攝影師，特別喜歡捕捉文革期間的民間面貌，古勳就是被拍攝的對象之一。

當時十歲的古勳告訴 Mark 自己只有七歲，因為他覺得年紀小些會更惹人憐愛——在外國人眼中，華人的樣子總是特別年輕，所以大話也沒有被拆穿。

古勳知道外國人總喜歡自命正義，而他錯過了這個機會，恐怕餘生都要留在中國了。於是古勳在 Mark 面前裝可憐，聲淚俱下地訴說文化大革命的滅絕人性，認識的人都被迫互相批鬥那種恐怖和慘烈。古勳對這一切其實無動於衷，在他眼中只是愚蠢的人在幹無聊的事。但他知道人們會恐懼沒有感情的人，卻對感情外露的人感到安心並會寄予同情。所以儘管他自出娘胎以來就沒法感受到一般人所謂的感情，他卻懂得觀察、學習和模仿，在適當的時候偽裝出別人期待的情緒。

動了憐憫之心的 Mark 用盡方法要救古勳出國，最後收養了他作兒子。古勳就這樣跟隨 Mark 到了美國生活。

Mark 已婚，他妻子 Joan 是名自由身的翻譯人員，夫婦倆都是中產階級文化精英。Joan 自亡父身上繼承了一筆可觀的遺產，故小倆口可以過上豐裕的生活，還能支持 Mark 周遊列國追尋成為攝影師的夢想。古勳被他們收養後，獲得悉心栽培，入讀最好的學校，很快便融入了美國社區的生活。

那跟文革的中國完全不一樣，在小小的古勳心裡產生了巨大的衝擊。在故鄉慘被批鬥的種種——中產階級的生活享受、文化精英的優越感等等，在異鄉卻是被受鼓勵和讚賞的，讓他一時間很混亂……

但古勳學習能力驚人，很快便適應了。他開始明白，某些人們以為的金科玉律，原來不是必然的，會隨着時地人的變更而改變。

古勳過上了人人稱羨的新生活，但 Mark 原來是個戀童癖。

Mark 一直隱瞞着妻子，在正常的家居生活以外，跟古勳有着不正常的性關係，直到古勳成年。

始終是陌生的領域，要說古勳起初一點也不害怕，是騙人的。而且肉體上也有痛楚和不適。

但古勳的適應能力很強——反正逃不過去的折磨，他會學懂享受，然後再充份利用。因此到了最後，古勳非常感謝 Mark 在床上教會了他許多東西。

至此古動擁有了兩種最有力的武器，他自恃藉着這兩樣東西便可以玩弄人性於股掌之間——性愛和謊言。

古動首先在他這對養父母身上做實驗，看自己的本領到達什麼程度。那時候還是個少年的古動，反客為主，用性馴服了已屆中年的Mark，令養父對他言聽計從，滿足他提出的任何需求。到年長些的時候，古動借着Mark出外公幹的機會，以青春的肉體引誘了深閨寂寞的Joan。

為了獨占Joan的財產和擺脫Mark的性需索，古動開始在養父母之間挑撥離間，並留下蛛絲馬跡讓Joan自己慢慢發現Mark是個戀童癖的事實。末了古動還向Joan裝可憐，自白自己小時候遭養父強姦的實情。

直到Joan向丈夫提出離婚，Mark才如夢初醒。

古動還向Joan謊稱Mark在撰寫的那部小說，是盜竊了古動在文革中國的所見所聞而寫成。結果Mark為了逃過侵犯兒童的官司，只能答應無條件離婚和將著作的擁有權讓給古動。

已經成年的古動，就帶着他的「處女作」和成為了自己女友的Joan，移居香港。

文稿事實上是Mark的獨力創作，他多年來造訪過許多極權國家，將祕密警察潛伏在人民身邊、時刻監視着人們的恐怖行為寫成小說《我在看着你》。古勳將文稿據為己有後，卻將重點的政治內容置換成男女之情，將一個政治寓言改寫成愛上恐怖情人的愛情故事——因為古勳深諳人性，他知道在九七陰霾下，香港市民只會變得政治冷感，情願沉醉在紙醉金迷的繁榮盛世自欺欺人，都不想要面對現實。他們不會喜歡赤裸裸的政治真相。

結果變成愛情驚悚小說的《我在看着你》在香港迅即成為暢銷書，更被片商買下版權拍成賣座電影，成為了古勳打響名堂的成名作。

Joan 成為了古勳的妻子和經理人，落力為古勳打理版權事宜和將他的作品推介給更多國家出版成不同語言的版本。之後古勳陸陸續續將在文革期間耳聞目睹的恐怖故事，加上靈異包裝或變成驚悚懸疑題材寫成小說，全都大受歡迎。人們讀之感到毛骨悚然，因為當中牽涉到的人性陰暗面是真的，但故事卻是虛構的，令人讀之不會覺得那是政治現實，只會當成消閒娛樂，減省了多餘的心理負擔。

事業如日方中的古勳，此時向年長的妻子提出領養孩子的建議，說他渴望擁有自己的子女，但要已屆高齡的 Joan 再生育就太危險了。Joan 一直備受前夫戀童癖事件困擾，抗拒再領養一名男孩。於是古勳就提議——這次他們領養女孩。

十歲的越南女孩惠翹就這樣成為了古家的一份子。

古勳首次有機會去「訓練」一個白紙一般的孩子。他興奮極了，盡情的將自己的「本領」教授予惠翹，當然也包括床上那一套。自他有了這個領養計劃開始，他就屬意讓惠翹當他親生兒子的母親——因為惠翹是名乾淨的處女，只屬於他古勳一個人。

惠翹就像當年的古勳一樣，在養父母面前過着雙面人的生活——Joan 在家時，惠翹是名品學兼優的乖乖女；Joan 不在家時，早熟的惠翹就成了古勳包養的情婦，盡心盡力的在床上討好他。

十五歲時，惠翹懷孕了。不論 Joan 如何盤問，始終問不出來胎兒的父親是誰。惠翹暗示那是自己年少無知，對性好奇產生的後果。Joan 也就以為只是青少年偷嚐禁果闖下的禍。既然惠翹堅決要生下來，Joan 作為養母只能支持她，並表示會幫忙照顧孩子。

於是古賢亮以惠翹私生子的身分降臨古家。在外面，古氏夫婦告訴別人亮是他們的兒子、是十六歲的惠翹的新生弟弟。在外人眼中，他們就是樂也融融的一家四口。

誰料到，惠翹連古勳的攻心計也學會了——當她成年後，她想要成為古家的女主人，她想要獨占古勳和她的親生兒子。於是惠翹設局，讓 Joan 在「適當」的時候回家，讓 Joan 親眼目睹惠翹跟自己的養父古勳在床上赤裸裸的，正在做愛。

Joan 無法接受自己兩任丈夫都是性侵兒童和跟養子養女亂倫的人，瀕臨情緒崩潰。惠翹卻在這時指責 Joan 自己也是跟養子結婚的同類人，所以惠翹學 Joan 那樣跟養父結婚生子也很正常。Joan 至此才知道古賢亮的親生父親是誰。

古勳冷眼旁觀着這一切——反正年老色衰的 Joan 利用價值也不大了，就只是名幫忙帶孩子的保母而已，名成利就的古勳也不再稀罕她那丁點財產。

搬離古家後的 Joan 終日借酒消愁，自暴自棄，最後被發現在酒店房間孤獨的自殺身亡。

古勳的新問題是——惠翹真的太像他了，連對操縱別人的慾望也一模一樣。

惠翹想迫古勳跟她註冊結婚、在他的房產上加上她的名字，成為古家名正言順的女主人。她還想將古氏父子都操縱在她掌心，暗地裡在父子間挑撥離間，在年幼的亮心裡埋下戀母憎父的種子，以為這些小動作古勳都沒有為意。

但古勳知道在妻子死後，娶自己的養女為妻並讓她當上孩子的母親，會成為一宗大醜聞。

而且他不習慣被人操縱。

他警告惠翹，不好好的安守本份，就會連現在的一切也失去。但惠翹初生之犢不畏虎，竟反過來要脅他，說自己可憑親生母親的身分跟他搶奪亮的撫養權，到時古勳失去兒子便後悔莫及。

不久，惠翹因為交通失事意外身亡，只留下一份以她養父和弟弟作受益人的巨額人壽保險。保險調查員曾一度覺得意外很可疑，但最終因證據不足，保險公司被迫作出賠償。

獨力照顧幼子的單親爸爸古勳，如遭命運作弄般在事業高峰時接連失去愛妻和愛女，這公關形象為古勳增添了神祕感，也讓人對他加了同情分。

對於惠翹的失控，古勳歸咎於自己對她太嬌縱，令自恃得寵的惠翹野心越滾越大，竟妄想超越和取代父親。為免重蹈覆轍，古勳對古賢亮的態度就冷淡得多、嚴厲得多，務求令兒子變得更理性克制，對自己更服從。

古賢亮果然成長得比惠翹更溫文有禮，更乖巧聽話。古勳原本對此是很滿意的……

※　※　※

「我不明白我為什麼失敗了——亮擁有我的基因、我的知識，他本該是最好的！」古勳罕有地露出了一點點垂頭喪氣的表情。「最後卻成了我的失敗之作。」

「你以為你這種管教方式，會獲得怎樣的結果？」我嘲諷地說。

「他應該成為一個最理想的兒子——一個永遠跟爸爸相依為命、有爸爸就夠了、全心全意愛爸爸的乖孩子。」古勳沉醉在自己的想像裡。「在惠翹身上我雖然失敗過一次，但亮是第二代，加上是我的血親，本該是個更優良的版本——就像現在的手機那樣，出了一代之後，改良加上新功能再出新一代……」

「人不是電子產品——人是有血有肉、有溫度、有感情的，並不是你輸入數據，程式就會運行出你想要的結果……」

「是程式錯誤！」古勳突然說。「因為電腦病毒——你就是電腦病毒！」

「你就是理解不到——人是有感情的嗎？」

「我沒有，也一直可以生存。」古勳一臉不屑地說。「感情沒有用處，人類進化的時候就該淘汰掉。」

「生而為人就是因為有七情六慾才有趣，你的小說不是都在寫這些東西嗎？為什麼你會理解不到……」

「我一直在觀察人類的愚蠢行為，然後描述出來。但我不明白為何他們總是重複同樣的錯誤。也不明白他們為什麼喜歡看別人將這些錯誤寫成故事，然後一邊看見了當中的因果關係，一邊還是繼續照做——末了我還因為寫這些狗屁東西而名利雙收賺大錢。」

我啞然。

「好像你——」古勳睥睨着我的表情，只有輕蔑兩個字。「就完全跌進了我的計算之內，花了十七年都走不出來——人類就是不懂自我反省和汲取教訓的廢物。」

「可我這樣的廢物卻有能力破壞你畢生的『精心傑作』。」我奮力反脣相譏。

「這是讓我最憤怒的地方，所以在殺死你之前，我必須狠狠折磨你一番——就是讓你自行找出真相，找出自己犯下的過錯。」

我死命的咬着嘴脣，以致嚐到一陣血腥味，視野又再次變得水氣朦朧——並不是因為知道自己將會被殺，而是想到自己一直辜負了古賢亮的錯愛——我的確被準確計算了，墮入了圈套，然後萬劫不復……當我發現自己錯過的一個個線索、犯下的一個個錯誤，真是心如刀割……所以我現在這樣是罪有應得。

「在殺死我之前，可不可以告訴我，你動殺機的原因和行兇的完整過程。」

我知道現實很殘忍，但我仍然想知道古賢亮在生的最後一段歲月是怎麼樣的……

「那太便宜你了。」

「你想怎樣？」

「你來告訴我。」

我驚訝得睜大了眼，嘴巴顫動着合不上來。

「設想你是我，你會怎麼想？怎麼辦？」

這真是一個最殘酷的遊戲。

但為了知道真相，我必須要面對這個挑戰。

我閉上眼，開始了想像……

「幼年的古賢亮對你的教養方式十分反感，他不喜歡這個家，他最喜歡的地方是潮騷山莊的會所，他唯一的朋友是阿黃……」我霍地張開眼。「阿黃是你殺的？就為了令古賢亮連唯一的依靠也失去？」

「為了訓練他堅強、獨立。」古勳微微一笑。「還有，忘了自我介紹——我是潮騷山莊業主立案法團的主席。」

我激動地閉上眼，旋即又張開。

「關閉會所的決定，也是由你煽動法團作出的？將他唯一的避風港都摧毀掉？」

「一個年年虧蝕的項目，任何人都會覺得及早止蝕是明智之舉。」

「然後你恐嚇跟他有交往的鄰居，令唯一關心他的補習學生消失。」我看着他。

「因為你將古賢亮當成是自己的財產，他只能由你獨自占有。每當他找到你以外的感情憑藉，你就會去搞破壞，務求令他孤立無援，只能回到你身邊。」

「很好，繼續。」

「然後古賢亮轉校來到我就讀的學校。他起初被排擠被孤立的時候，你一定很開心了！」

我仇視着古勳，但他只是作了個模稜兩可的表情。

「慢着……」我仔細思量過後，感到徹骨陰寒。「你是如何得知古賢亮的想法和一舉一動的？」

古勳只是聳了聳肩。

「你偷看他的日記？」

「再猜猜看。」

我回想起古賢亮的三本日記本，能看的我都看過了，當中並沒有絲毫提到遭父親虐待或性侵的內容，就只是一般少年生活的流水帳那樣。

「那些並不是他的日記？」

「那些是我給亮的寫作功課。」

「即是寫給你看的？」

古動自豪地頷首，真是恬不知羞。

「你是要連他的內心都讓你審查一遍？所以即使是日記，也要自我審查完才可以寫出來。」

「說謊的最高境界，是要連自己也一併欺騙——我只是讓他自小鍛鍊這小技巧。」

「你以為你自己在訓練特務嗎？」

「在人們心目中，特務就是無所不能、有化腐朽為神奇的本領——我對兒子有這樣的高標準，有什麼問題？」

「所以說，第三本日記那些被撕掉的部分只是無關痛癢的廢話？所以你才留下來給我看？」我恍然大悟。「怪不得連垃圾桶內的廢紙也保存下來，也是用來誤導我的吧。」

「你的邏輯和推理能力終於變強了。」

「所以說……我明白了。」我猛然省悟過來。「『歷史，只有人名是真的；小說，只有人名是假的』——好像有位歷史學家曾這樣說過。」

「湯瑪斯・卡萊爾說的。」古勳就是個有腳書櫥。

「古賢亮的日記基於你的『審查制度』，只能說假話；相反，他的小說，卻記載了他的真心話，他最真實、赤裸的感受和想法——儘管要假托在一些虛構的人物身上。」

古勳露出認可的笑容。

「所以你是從古賢亮的小說手稿裡找到真相——一對中學生同性戀人，因為其中一人被父親長期性侵虐待而起了報復之心，想要合謀殺死那個父親。」

「Bingo！」

剎那間，小說的內容、我跟古賢亮創作時的對話，如潮水般向我湧來，將我淹沒、淹死……

——你也覺得《伊底帕斯王》的劇情很震撼吧，又亂倫又殺父的，它可是希臘悲劇的代表作啊。不如我們就借用它的元素如何？亂倫加殺父，寫出來肯定很爆！

我以為只是你的即興提議，但你其實是深思熟慮過後才提出的吧？

——一起想方法復仇，然後浪跡天涯的一對「雌雄」……不，「雌雌大盜」，不是很有趣嗎？還可以寫得再浪漫一點，像《羅密歐與茱麗葉》的女同性戀版。

當時我不斷吹噓那段同性戀情，純粹是站在商業角度去看、去作出提議，沒想過那也許是你心底裡的渴望……

——我會不會喜歡這樣背景的一個女生？不會特別喜歡吧，太沉重了，她的心理恐怕也會扭曲得厲害。只是作為故事角色，背景複雜的人物才吸引人吧。

那時候你問我，我只是隨口回答……假如你告訴我那是你的遭遇、你的故事，我的反應會完全不一樣的……但你已經無法知道了。

我還記得我問過你，一個柔弱女生，真的會因為被強姦而殺掉自己的親生父親嗎？你說那不是單純的強姦，是長期的精神虐待和肉體折磨，然後咬牙切齒的說，會想殺了他也不足為奇。

我從來沒有問過你，為何會對女主角那麼有投入感和認同感。

我從來沒有想過，這個故事原來將你渴望的、不敢說出來的……一切都實現出來了。

但那終歸只是一場幻想。

所以我反駁古勳說：「但那只是創作，我跟古賢亮根本不是戀人，我也不知道他的遭遇，我們更沒有合謀要殺你——你就因為這樣動了殺機？」

我感到荒謬絕倫。

「並不只是創作。」古動掏出來一本日記本，跟那三本是相同的設計款式。「亮還有一本筆記，除了記下創作靈感，也記下了他某些時刻的所思所感。」

我突然明白了。

「垃圾桶內的灰燼，是從這裡來的，並不是他的日記。」我指着筆記本說。阿花說古賢亮想給我看的，應該是這本祕密筆記，而不是那三本假日記。

「最後一頁的筆跡，也是你冒認抄寫上去的，純粹為了給我留下線索，讓我發現真相。」

「有進步。」

「其實那真是太明顯了——兒子失蹤了十七年，做父親的沒可能不去調查他抽屜內和垃圾桶裡留下的線索，尤其他父親是你——我想只有我這個大蠢材才會上當。」

古動笑而不語。

「但那仍然只是一本筆記，只是寫下了一些想法，他根本沒有行動！」

「行動的起點是什麼——意念。」古動手指自己的頭。「只要想法形成了，就沒有辦法驅除出腦袋。」

「只是出現想法，沒有行動，並不構成罪行的！誰沒有過一些狂想？尤其是做創作的。」
「問題是，亮反抗的念頭出現了。」古勳冷冷地說。「因為你的出現，亮甚至斗膽將想法寫下來——這已經不是我的亮，他甚至抗拒跟我同床，我連在床上也馴服不了他了！」
「因為他是個獨立個體，不是附屬於你的，他有自己的思想自由！」
「聲嘶力竭不代表你是對的。」古勳仍然冷靜得恐怖。「從我過去的人生經驗中學到的是，當『背叛』有先兆會出現的時候，就必須及時消滅於萌芽狀態。」
「你真的很可憐，其實你想要的只是一個提線木偶……」我已欲哭無淚。
「好了，你再猜猜看，我之後又幹了些什麼？」
閉路電視拍下來那詭異的一幕，又在我的腦內重播……
「你發現兒子愛上別人，對你起了異心，於是動了殺機——」我說。「但富於商業頭腦的你，除了要製造一個完美的不在場證據，還想借助這件事為自己做宣傳，於是想到了一個很戲劇性的畫面，讓古賢亮在全港市民面前『消失』……」
古勳欣賞地點點頭。
「我不知道你用什麼理由欺騙了古賢亮。也許是用你們的關係作要脅，警告他若不跟從你的指示，就會向我說出你們的關係，甚至你手上可能還有性愛影片或淫照什麼的。於是古賢亮唯有依照你的說話，在二〇〇三年九月廿六日下午前往銅鑼灣高斯酒店，並照你指示說的，進入那部裝有閉路電視的電梯，在鏡頭前做出古怪舉動，然後走出你派人破壞了閉路電視的天臺……」我說。「我想天臺可能尚有其他祕道或梯子是可以通往其他地方的，古賢亮是跟從你的指示從那裡離開。因為事件太離奇，畫面太震撼，在大眾心中深深烙印的，只有古賢亮憑空消失於酒店的印象——只要門口的閉路電視運作正常，而又拍攝不到古賢亮離去就可以了。」

「而且也拍攝不到我。」古勳說。

「對，因為你從沒在那間酒店出現過，所以絕對不會懷疑到你頭上。古賢亮離去之前，一定已經在天臺更換了衣服和打扮，所以沿途也不會有人留意到他原來已經回家了——回到這個由他親生父親，以死亡迎接他的家。」我說。「我想你是告訴古賢亮，只要照你的說話做，事後就會送他到外國讀書，只要他以後不見我，就不會將他的祕密說出來。古賢亮完全沒想過回家收拾行李時，會在家中遇害……」

「不錯，你也說得八九不離十了。」古勳拿出了一根膠索帶，圍成一個圈，似乎想套在我的脖子上。「這樣你也死得瞑目了吧？」

「凶器是什麼？就是這種膠索帶？」

「等會兒你就知道了……」

就在古勳志得意滿的時候，我霍地撞開了他，飛奔往門口打開了門逃出去——就在剛才我們對話期間，我一直在身後用那條追蹤手環磨擦將我綁住的麻繩，直到將麻繩割開。

古勳在身後追着我。

我死命奔跑，正衝往樓梯方向，一不小心踢到了也在亂竄的愛倫坡。

愛倫坡嚇壞了，尖叫一聲飛彈到半空，接着跳出了欄杆，眼看就要從二樓墮下……

我隨着牠的跌落往下望，發現一向蓋着大魚缸頂端的蓋子不翼而飛，於是愛倫坡直接掉進魚缸，接着發生了驚人的一幕——貓咪的慘叫聲，和牠底下成群的游魚爭先恐後地游上來，圍攻着愛倫坡……

身處樓下的麥高芬也在魚缸前看着這一幕，卻愛莫能助，只懂發出「嗚——嗚——」的悲鳴，眼看着愛倫坡轉眼間只被啄食剩餘一副白骨。

我呆立當場。然後古勳就趁這時刻下手，將膠索帶纏在我的頸上，用力拉緊……

「啊——啊——」我辛苦極了，幾乎發不出聲音。

「那魟食人鯧已經餓了兩個星期，所以不用擔心，你很快便可以步愛倫坡後塵。」

我終於知道殺死古賢亮的是什麼凶器——原來魚魟裡飼養的是食人鯧。

我拚命掙扎着，不甘心就這樣死去，花盡最後的一點力氣，試圖用腳去絆倒古勳。他仍然拉緊我脖子上的膠索帶，我倆扭打在一起，眼看快要雙雙滾下樓梯，這時麥高芬竟然跑上來，加入戰團——出奇的是，牠並不是上前幫助主人古勳，卻是為了護着我而咬住古勳的腳。

「幹什麼，衰狗，走開！」古勳為了驅趕咬住他的麥高芬，偶一鬆手，我馬上把握時機，雙手用盡力將古勳推開——

「哇——」

想不到古勳竟因此失去平衡，跌出欄杆，直墮一堆虎視眈眈的食人鯧當中……

我不敢看那殘忍的場面，只是抱緊我的救命恩人麥高芬，覺得自己仍然生存簡直是奇蹟。

※　※　※

我設想過將事情和盤托出的後果。

問題是有沒有人會相信我。

首先是替我錄取口供的警員，是否有耐心由十七年前的故事聽起？是否會相信這個複雜而難以置信的故事？

而且，事情經過了十七年，證據早已被古勳和汪黛莉毀滅，誰會相信我的一面之詞？

剩下的物證，只有兩副人骨、一副貓骨和一缸食人鯧——我相信法醫可憑牙科紀錄和骨頭，證實死者的身分。但誰令到死者變成白骨，卻是死無對證了。

知情者只餘下汪黛莉，但她是古勳的共犯，她不會幫我的，只會提供誣陷我的證詞。

還有美姐，她的證詞也不會對我有利。

結果只有兩個：我不是被當成患上妄想症的瘋子被關進精神病院，就是被控告詐騙和謀財害命。

我被拘捕後，芷茵就會失去我這個唯一作為道德指標的父親，只在她那個毫無廉恥的母親教育下長大——無論芷茵最終變成汪黛莉二世或古勳二世，都是很恐怖的一件事。

我發現我跟芷茵雖然沒有血緣關係，但仍然想跟她做父女……這有可能嗎？

假如隱瞞一切，只是將古勳死亡一事當成意外呢？

我要想出一個可行方案。

外面的風雨聲好像已經靜下來。拿手機一看，已經有訊號可用了，天文臺宣布所有風球除下。看看今日日期——尚餘三天，我便隔離滿十四日，可以離開了。

現在我手上有一張港幣五十萬元的支票，原本是用來解決我早前的燃眉之急，但古勳死後，支票還能否兌現？

我忽然想通了，所有事情都有一個共通點——為了錢。

我來到潮騷山莊是為了錢、美姐來打工是為了錢、汪黛莉跟古勳同流合汙是為了錢……

要是找到傳說中那個保險箱，是否就可以解決所有問題？

我回到先前被禁錮的密室，仔細搜尋，終於在刻有古賢亮身高刻度那個櫃子裡，找到一個巨型的轉盤式保險箱。

那麼，古勳會設定一個怎樣的密碼？

想到古賢亮之前給我留下那麼隱晦的暗示，古勳的密碼也不會簡單得到哪兒去，而且應該暗藏什麼意思。

他將最貴重的財產都放進保險箱，那麼密碼應該也會顯出那種重要性。

古勳最看重的是什麼——作品？兒子？情婦？寵物？都不是，他從來最愛的只有自己。

他曾說過他是上帝，密碼會不會採用這個意思？

「我是上帝」——這是中文，先換成英文……不，以古勳自大、愛賣弄的個性，他可能會用拉丁文。

我上網將「我是上帝」翻譯成拉丁文，是「Ego sum Deus」。

但轉盤式保險箱的密碼只有數字——假設古勳的保險箱設置了三組密碼，每組都可以設定為1-99間的任何一個數字。

我看着手機的數字鍵盤，2-9的數字旁都有三至四個英文字母，例如「2」是「ABC」、「3」是「DEF」……如此類推。假如用這套鍵盤去編密碼，「Ego」就是「346」，「sum」就是「786」，「Deus」就是「3387」，但三至四個位的數目超出了1-99。假如將該組數字相加呢？「3+4+6=13」，「7+8+6=21」，

「3+3+8+7=21」，得出三組數字「13-21-21」。

姑且用這三組數字試一試。

幸好先前為了打電玩過關，對開保險箱有點研究，還特地上網看了轉盤式保險箱的教學影片——

先將轉盤左轉歸零。然後向左轉三圈再停在第一個數字上；再向右轉兩圈，停在第二個數字上；向左轉圈，停在第三個數字上；最後向右轉直至轉不動為止。

假如「13-21-21」這三組密碼正確，這時候就可以旋開把手將門打開……

「卡」的一聲，保險箱的門真的打開了……

※　※　※

善後工作方面，阿花幫了我很多，譬如幫我找來裝修用的水泥，和替我將包裹寄回臺灣。對古動的死她表現得很欣慰，也很感謝我肯借錢給她的丈夫周轉。

我把密室的開關拆毀，然後將密室用水泥封掉——不會再有人知道這裡原來有過一個密室。

當美姐知道古勳死訊時，顯得非常激動，因為她知道將會失去這份好差事。起初她還罵我是不是疏忽防疫，以致連累了病弱的老人家。但當她知道我會以古勳親戚的身分處理他的遺產，而我打算給美姐一筆豐厚的退休金時，她便噤聲了。

汪黛莉對於事件的結局感到很意外，並且出於自保，馬上就說出了一大串她打算誣衊我的罪狀作為反擊。當她聽到我不打算對她作出追究時，她還以為自己聽錯了；當她聽到我打算分錢給她時，她簡直呆住了。最後我們達成協議——芷茵仍是我的女兒，而且我擁有一半監護權。

接着，警方來了——

「你們這裡真的很偏遠，很難找……」警員一來到，便為自己的姍姍來遲找理由——也難怪，他們要坐船過來，總要花些時間，也正好讓我利用了那些時間。

「等一等，讓我先說明一下。」我示意他們停在玄關，我自己則退後兩步，然後舉起手，展示手上的追蹤手環。「我是家居檢疫人士，尚欠三天，才隔離滿十四日。」

眾警員聽見後，馬上退後幾步，其中還有成員出了門口，我聽見他致電總部要求支援。

又過了不知多久，身穿全副防疫保護裝置的警員才敢進入大宅，進行問話。

「請敘述一下事發經過。」

「是這樣的，為了遵從政府有關社交距離的建議，我跟死者雖然同住一幢房子，但吃飯作息都是分開的，要對話也是隔着一扇門那樣子進行，總之不會共處一室。」我解釋道。「所以，事發經過其實我也沒有親眼目睹，只是事後推想而已。」

聽取口供的警員點點頭。

「由於颱風襲港，平常每個星期會來我們家一次的傭人美姐，這個星期就沒有來了——這是美姐的電話，你們可以問問她。」

「好的。」警方揚手示意。

既然警方不敢接過我手上的便條紙，我便將它放在桌上。

「古Uncle怕餓壞了他那缸寶貝魚，就決定自己餵魚……」

「慢着，」其中一名女警插口。「古先生不是坐輪椅的嗎？」

「平常出入他會坐輪椅，不過有需要的時候，他其實可以自己站起來，走路也沒有問題。」

「真的嗎？」

「你可以問問他的助理汪小姐。」我把汪黛莉的卡片放在便條紙旁邊。「汪小姐是大型出版社的編輯，跟古Uncle合作好久了。現在古Uncle的許多事務，都是汪小姐幫忙安排的，古Uncle的情況，汪小姐最熟識不過。」

「即使這樣，那麼大的魚缸，餵魚這種粗重工作，不是叫你代勞比較合理嗎？」

「正常情況下是的。」我回答。「但由於屢屢傳出有寵物從主人處感染到COVID-19的報導，為安全起見，古Uncle都不准我接觸他的寵物——包括那缸魚。」

「你說你一直待在自己的房間，那麼你是怎樣發現出了意外的呢？」

「首先是聽到一聲淒厲的貓叫——但愛倫坡時不時都會那樣叫，我第一天來時就見識過，所以也不以為意。但之後聽到了古Uncle的慘叫聲，還有麥高芬嗚嗚叫的悲鳴聲，我才知道出了意外……到我衝出來時，已經太遲了，古Uncle已經……」我一臉黯然。「我想是古Uncle打開魚缸蓋子餵飼魚兒時，頑皮的愛倫坡想逗魚兒玩，卻失足跌落魚缸，古Uncle為了拯救愛貓，情急之下也就失去平衡掉進魚缸裡——悲劇就這樣發生了。」

「你知道那個魚缸飼養的原來是食人魚嗎？」

「不知道啊，怎麼會知道那種事？我見魚群也滿好看的，還以為只是普通的觀賞魚，誰知道古Uncle有那麼特殊的愛好——不過古Uncle的喜好一向異於常人，否則又怎能寫出那麼多嚇人的恐怖小說呢。」

「由於你的隔離期限尚未完結，現在會送你到政府的隔離營，再隔離多三天，才可以離開。」

「好的。」我表現合作。「你們會怎樣處置麥高芬？」

「寵物我們也會送去隔離檢疫——不過基於牠的主人已死，恐怕……」

「別人道毀滅牠！」我說。「我可以收養牠的。」

「那麼完成檢疫程序後，我們再通知你吧。」

※　※　※

「灰老師，可以替我簽個名嗎？」芷茵一本正經地遞上我的新書。

「當然可以呀。」我接過新書，手勢純熟的簽上大名——灰先生。

「我的大學同學也想要啊！」芷茵再遞了三本新書給我。

「沒問題。」我也一一簽了。

芷茵如今已經是位大學生，為了方便上學，搬來我家跟我一起住。

「灰先生」是我現在的筆名。如我所願，現在我已經是個多產的暢銷書作家。不過，我擅長的文類變了，現在自己是個專寫愛情小說的作家，這也是為什麼我會如此受女粉絲歡迎的原因。

獨自困在隔離營那三天，不知怎地，我突然思潮起伏、靈感泉湧——

我想到我和古賢亮，其實早已在《黑暗中起舞》裡，以「小黑」和「阿舞」的身分為自己復了仇。想到這裡，之前經歷的不甘、委屈、悲憤和遺憾，才稍微平復了一點。我突然就想，每一本小說都是一個世界，所以我們可以重生無數次，在不同的世界中冒險，經歷不同的事。

我和古賢亮錯過了的、想達成的、沒做過的……所有的一切，都可以在另一個世界裡重來，重新去活一遍，相愛一遍。我們可以是「小黑」和「阿舞」，可以是「志文」和「靜怡」，也可以是「修平」和「孝偉」……

就這樣，我筆下的愛情故事源源不絕，角色和背景千奇百怪，但最終兩位主角一定會在經歷過千迴百轉之後，仍然相愛。

「爹哋，這本《和你在一起》真的很好看，百看不厭！到底你的靈感是從哪裡來的？跟媽咪都分開那麼久了，又一直不見你約會其他女人？」她補充一句。「或男人？」

「就是現實中沒有，才想在虛構的世界中擁有，才會有那麼驚人的想像力呀！」

「真的嗎？」

「而且我的愛人就坐在那兒。」我指指書櫃旁的人骨模型。

「別這麼變態好不好？」芷茵不屑地說。「這東西還以為你只是萬聖節時擺一擺，誰知道一放就放了這許多年，連搬家都帶上了，還常常替它換衣服……」

「都說了，它是我的愛人。」

「不要！」芷茵撒嬌道，然後摟抱着麥高芬。「看看你主人，因為太久沒談戀愛，人都瘋了啦。」

「現在都什麼時候了，還不上學去，要遲到了吧？」

芷茵看看腕錶，大叫：「糟了，我先走了！」

麥高芬乖巧地目送她出門。

我又回復到一個人的寧靜。

古賢亮向我微笑。

我報以一個笑容。

後記

犯罪推理懸疑類別的作品，不論是小說、漫畫還是影視作品，一向是我喜愛看的類別之一。

小時候流行過一些小書，每一頁的頁面載有謎題，背頁載有謎底，那時候已經很愛玩這種解謎遊戲。還記得念中學時，有一次看金田一漫畫，謎底還沒有揭曉，我便憑藉從課堂上學回來的物理知識自行推理出詭計，當時那種興奮的心情至今仍然難忘。

但喜歡歸喜歡，對於我自己有沒有能力設置詭計去欺騙讀者，最初我是有點疑惑的。譬如像島田莊司老師在《占星術殺人事件》裡設計的那種精妙的詭計，要多費腦汁才能想得出來這種巧思呢？又好像陳浩基前輩的《13・67》既有推理趣味同時又勾勒出社會人情的滄桑變遷，要如何才構思得出別出心裁的架構又描寫得這麼細膩呢？珠玉在前，讓人覺得要挑戰寫犯罪推理小說就是件艱鉅的任務。

回顧我自己較鍾愛的推理小說類型，像東野圭吾的《嫌疑犯X的獻身》、《白夜行》，湊佳苗的《告白》和約瑟芬・鐵伊的《時間的女兒》，好像可以歸納出一種路線——除了推理趣味之外，對人性深刻的洞悉也是令我深深着迷的地方。

假如不把詭計設計當成一種純然理性的遊戲，而是去思考怎麼將詭計跟小說想要表達的人性主題相結合，會否為讀者帶來一點不同的閱讀享受呢？

傳統的詭計設置，是為了掩蓋背後真相，到謎底揭開時給讀者帶來一種恍然大悟的快感——這種令人出乎意料的震撼，是我愛上這類作品的原因，亦正因意想不到，對真相的驚愕才更能掀動讀者的情緒。這類作品雖以理性邏輯著稱，卻也因其特性，往往能為讀者帶來巨大的感情衝擊，產生的感動和惋惜，有時甚至比一般故事來得更深刻。

既然這樣，用推理解謎的手法去講一個純愛故事，不知道又會怎麼樣呢？這個想法，可能就是《消失的你》的起點了。

故事中每個角色都在說謊，都在掩飾一些他們覺得不能讓人知道的事情——也許為了掩飾罪行，或者只為掙扎求存，亦可能純粹出於自卑。

謊言本身就是一種「詭計」，用來誤導人遠離真相。但亦有時候，說謊只因我們不敢面對自己，害怕知悉真相。

真相往往伴隨着痛苦，並不是人人樂於接受的。

或許正因如此，敢於查明真相的偵探才會成為英雄，犯罪推理懸疑類別的作品才會歷久不衰呢。

決選作品綜合總評

島田莊司　老師
尖端出版　呂尚燁　總編
台灣犯罪作家聯會　既晴　主席
皇冠文化　許婷婷　總編
巴比樂視亂搭原創　陳致安　主編

首獎《消失的你》

島田莊司

縱使它是以一種「惡漢冒險」的精神所寫，但位於核心的主角的犯罪計劃及變化，其結構十分複雜，將這部懸疑小說一種升華為高品質的本格推理。此外，最終部分還提供了一種創新的震撼，即使在無數的例子中也很難找到與之相似的情節。這不是在設計故事結構時想到的，而似乎是在創作故事的初步階段，作者就已經明確看到的。這一點使人感覺到這部作品達到了一個難以企及的水準。

也就是說，這樣的結構不僅僅是複雜的，它隱藏著導向戲劇性終點的意圖，這正是本作的顯著優點。這部小說的成就，在於精心構思的故事中人物關係產生的愛恨動機，以及像手掌上中的孫悟空一樣，能在敵人的視野中像螞蟻一樣移動，呈現了導線的巧妙。這使人想到機器內部的精密線路，隨著事件的進展，各個部分雖看起來複雜，但它們互相呼應，加強了犯罪者的惡意，這正是本格推理小說的魅力之一，使這部作品成為傑作。但最令人驚訝的是前面所述的終點。如果這部作品還有進一步提升的空間，那就是增加對這一行為的伏線，以增強讀者的認同感。

決選入圍《消失的你》

呂尚燁：《消失的你》寫得非常流暢，很容易就沉浸在閱讀之中，也會想知道角色之間的關係，從一開始男主角回來找那位暢銷作家，角色之間就充滿了類似鬥智與較勁的神祕氛圍，加上適度穿插的回憶讓故事增添更多重面貌。如果喜歡男男情感的讀者，應該會很喜歡這部作品。

既晴：小說中有一個我覺得比較有趣的設計，就是這個騙徒跟作家的小孩以前其實是好朋友，並且曾經一起寫小說，但是他最後卻被背叛了。也就是說，其實這個騙徒並非路邊憑空跑來的，他對這個家庭內部的狀況非常了解。

而且，他原本是要欺騙，最後卻反而挖掘出他跟那個消失的角色，其實有著一些很深厚的感情，這部分的設計我覺得還滿創新的。

許婷婷：我對《消失的你》評價還滿高的，文字很洗鍊、很流暢，對我來說有一種會讓人想讀下去的魅力。我個人也很喜歡這個故事所營造的懸疑感，那種懸疑感不太刻意而且很自然，卻是從字裡行間滲透出不安。

讀者透過主角的視角與追尋，讓這個「消失的你」存在感變得很強，整體來說，已能夠掌握類型小說的故事張力，然後也有令人深思的文學性，劇情中兩位男主角之間的情感，也確實有打動到我。

陳致安：《消失的你》在文筆與敘述上都很流暢，劇情帶著點古怪離奇、同志、性侵、亂倫……等元素，懸疑感上就像其他評審提到的，是放在男主角與過去那位朋友，他們之間不為人知的友好程度。

決選入圍《交錯》

島田莊司：這部作品為了呈現出愛恨交織的報復劇情，在前段細膩地構築了一套複雜的情節，逼近了《消失的你》的複雜程度，這種精緻的努力讓我深感喜愛。多個角色因怨恨而獲得強烈的動機，當他們受到了不合理的虐待，到了讀者也不禁會情不自禁地感同身受的程度時，這正顯示了作者的巧妙設計，表現出了超脫的成績。

這部作品的優點在於，導致犯罪的前期事件擁有雙重結構。這種利用他人的怨念行動，並同時為自己的怨恨尋求解脫的複雜情節，可以被評價為對犯罪者心理的巧妙描寫。作者對自己的這項設計也似乎相當自豪，這點也從作品的標題中可以看出。

呂尚燁：這篇作品的大綱非常吸引人，會引起我想去瞭解會是什麼樣的謎團。實際閱讀的體驗上也還滿順暢——關於是否能夠猜到真凶，我大概讀到三分之二時，還是沒有什麼頭緒，也就是說作者的一些誤導的手法確實有奏效。因此，我一直很期待會有一個很驚人的結局。

既晴：作者的描寫方式有一種趣味性，一些鑑識、解剖，追查案件的細節，其實都有一種冰冷的感覺，那些數據其實與案件息息相關，但是卻與大家有一種距離感，這種感覺彷彿也可投射到故事中的人際關係。謎團方面，雖然是簡單的一些，但是它所爆發出來的那種情感的力量，我覺得還滿不錯的。

許婷婷：個人對這一篇作品的評價算是比較高的，我很喜歡作者用男女主角兩個角色，他們之間辦案時對話的方式，來推著故事前進的筆法。我覺得作者對於故事推動的掌握度其實滿高的，因為一旦讀下去之後，幾乎就是被他這樣子推著走，一口氣就看完了。

陳致安：《交錯》在這一屆進入複選名單的作品中，作者的文字與文筆技巧令人感覺很舒服，在易讀性算是能夠順順地閱讀完畢。作者在說故事的過程之中，有留意到場景與地點的轉換，我覺得這點還不錯，尤其是如果是以改編成漫畫的角度而言。作者所設計的那些場景與切換上的動感很不錯，改編後會很有畫面感。

決選入圍《被害動機》

島田莊司：如果從本格派的角度看，這確實是一部充滿魅惑的奇幻作品，深深打動了我的心。至今我還覺得，因為不滿意結局而無法給它最高榮譽，是非常遺憾的事。梅勝霜只需透過一眼就能迷住邂逅的對象，那邪惡的力量，就像磁鐵般出現在她接著說出的每一個字，展現出強烈的催眠效果。這樣的女性特質和行為，再加上她眼睛的磁性，帶來了令人毛骨悚然的驚悚感，似乎正是好萊塢電影所追求的。它的吸引力似乎與《第六感追緝令》相似，亦絕不遜色。但是，隨後的結局是出乎意料的，讓我感到困惑，所以決定授獎給這部小說的決心也動搖了。

呂尚燁：《被害動機》開頭的場景與劇

情發展都還滿流暢，只是閱讀到最後會覺得主要所強調的那個動機，可能不是每位讀者都能被說服。

既晴：社會派犯罪小說有一個名詞叫「或然率殺人法」，意思是不具體動手殺人，而是預先設置一個容易引發生命危險的陷阱，再設法引誘被害人踏入這個陷阱。然而，這不是致死率百分之百的殺人機關，而是一個現實裡可能會偶然發生的特殊情境，被害人可能會死，也可能逃過一劫。但是，那也確實比較符合現實世界中，很容易偶然會發生的情境，比方說瓦斯忘了關，或不小心哪個電器被打開，然後可能爐火燒起來……

本作將「或然率殺人法」的概念做了最大的發揮，這一點我覺得還滿有創意。我覺得作者在最後企圖把這個概念發揮到極致，同時也會遇上一個個比較大的困難，如果將殺人的複雜度降低，也許可以讓個故事的說服力又更高，這是我個人的看法。

許婷婷：這一篇我個人覺得開頭很出色，它的結構也算是縝密，作者的文字能力滿好的，整個駕馭力也很強。但是，主角梅勝霜的設定比較沒有辦法完全說服我，我覺得他操控人心的能力似乎是太強大了。

陳致安：作者在寫作報告中雖然有解釋，但是閱讀到收尾時，動機有點薄弱。還有一個改編上滿重要的點，故事情節很多都發在同一個地點，也就是兩位角色的文戲一直著墨於對話部分，那對改編成影視或漫畫，其實視覺上就不會太有趣，因為他們就是在同個地點一直講話而已。

逆思流

消失的你

作者／牧羊少年T
執行長／陳君平
協理／洪琇菁
總編輯／呂尚燁
執行編輯／丁玉霈
榮譽發行人／黃鎮隆
國際版權／黃令歡
美術主編／李政儀
發行／英屬蓋曼群島商家庭傳媒股份有限公司城邦分公司　尖端出版
台北市中山區民生東路二段一四一號十樓
電話：（〇二）二五〇〇－七六〇〇（代表號）
傳真：（〇二）二五〇〇－一九七九
中彰投以北經銷（含宜花東）／楨彥有限公司
電話：（〇二）八九一九－三三六九
傳真：（〇二）八九一四－五五二四
雲嘉經銷／威信圖書有限公司　嘉義公司
電話：（〇五）二三三－三八五二
傳真：（〇五）二三三－三八六三
客服專線：〇八〇〇－〇二八－〇二八
南部經銷／威信圖書有限公司　高雄公司
電話：（〇七）三七三－〇〇七九
傳真：（〇七）三七三－〇〇八七
香港總經銷／城邦（香港）出版集團有限公司
香港灣仔駱克道193號東超商業中心1樓
電話：（八五二）二五〇八－六二三一
傳真：（八五二）二五七八－九三三七
E-mail：hkcite@biznetvigator.com
馬新經銷／城邦（馬新）出版集團　Cite(M)Sdn.Bhd.
E-mail：Cite@cite.com.my
法律顧問／王子文律師　元禾法律事務所
台北市羅斯福路三段三十七號十五樓
二〇二三年九月一版一刷

■中文版■

郵購注意事項：
1. 填妥劃撥單資料：帳號：50003021戶名：英屬蓋曼群島商家庭傳媒（股）公司城邦分公司。2. 通信欄內註明訂購書名與冊數。3. 劃撥金額低於500元，請加附掛號郵資50元。如劃撥日起 10～14日，仍未收到書時，請洽劃撥組。劃撥專線TEL：(03) 312-4212 ・ FAX：(03) 322-4621。E-mail：marketing@spp.com.tw

國家圖書館出版品預行編目資料

消失的你 / 牧羊少年T 作;
--1版. --臺北市：尖端出版, 2023.09
面 ; 公分. --(逆思流)
-626-377-009-6(平裝)
112012228